LES FILLES DE L'OLYMPE

L'auteur

Elena Kedros est un très jeune et prometteur auteur italien. Elle affirme qu'elle est allée sur l'Olympe, bien qu'elle ne soit pas une déesse (du moins, pas à sa connaissance).

À paraître :

Les filles de l'Olympe
3. *Prisonnières des Enfers* (mai 2011)

Vous avez aimé les livres de la série

LES FILLES
DE L'OLYMPE

Écrivez-nous
pour nous faire partager votre enthousiasme :
Pocket Jeunesse, 12 avenue d'Italie, 75013 Paris

ELENA KEDROS

Les filles de l'Olympe
Le pouvoir des rêves

Traduit de l'italien par Valérie Maurin

POCKET JEUNESSE

Titre original :
Ragazze dell'Olimpo. Il Potere dei Sogni

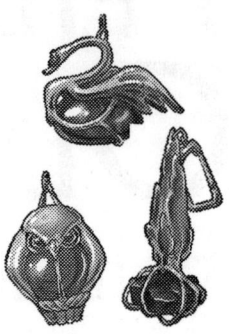

Contribution : Kidi Bebey

Loi n° 49-956 du 16 juillet 1949 sur les publications destinées à la jeunesse : novembre 2010.

Ragazze dell'Olimpo 2 – Il potere dei sogni
© 2008, Arnoldo Mondadori Editore S.p.A., Milano
Prima edizione ottobre 2008

© 2010, éditions Pocket Jeunesse, département d'Univers Poche, pour la traduction française.

ISBN 978-2-266-18991-0

De l'obscurité

Le seigneur de la Guerre préparait sa vengeance, assis sur le trône qu'il avait pris à Zeus.

Il avait rêvé de régner en maître sur l'Olympe, et il avait été à deux doigts de la victoire. Mais cette victoire et ce rêve s'étaient évanouis au dernier moment. Et cet échec le brûlait comme du poison.

Au centre du Temple sacré, la Flamme d'Or projetait sa faible lumière sur les huit statues de dieux qui l'entouraient. Sur chacune d'elles brillait une pierre. Une pierre qui renfermait les pouvoirs de la divinité dans laquelle elle était enchâssée.

Arès regarda l'ambre de Déméter et l'aigue-marine qui étincelaient au milieu du trident de Poséidon. Il concentra ensuite son attention sur la main de la statue d'Héphaïstos. Une cornaline rouge aurait dû s'y trouver, mais la pierre du dieu du Feu avait fini entre les mains de ses ennemies. Ces dernières aussi auraient dû être là, immobiles comme les autres statues. Mais les anciennes maîtresses de l'Olympe lui avaient échappé. Et elles étaient toujours libres.

Sur la Terre.

— Monseigneur... murmura une voix.

Arès regarda d'un œil sévère la créature craintive qui s'était agenouillée devant lui. Drakos, son fidèle serviteur, serrait entre ses griffes tremblantes la turquoise qu'Hermès lui avait confiée.

— Je t'amène celui que tu as invoqué des plus sombres régions de l'Olympe, balbutia Drakos d'une voix apeurée. Celui qui vengera ta défaite, monseigneur.

Le rugissement d'Arès fut si effrayant que la Flamme d'or, plus faible que jamais, vacilla dans le grand brasier.

— Comment oses-tu, misérable esclave?

Drakos s'inclina jusqu'à toucher le sol de son front.

— Pardon, pardon, monseigneur!

— Tais-toi!

Le dieu fit un geste menaçant.

— Et fais entrer le Sycophante!

Le pouvoir des rêves

Un être flottant, enveloppé d'un manteau noir, se matérialisa aussitôt devant le trône. Deux étincelles brillaient dans ses orbites sans yeux. Il s'inclina devant Arès en signe d'obéissance.

— À tes ordres, seigneur de la Guerre.

— Esprit de l'Obscurité, je t'ai tiré des ténèbres pour que tu me viennes en aide, dit Arès. Les déesses qui m'ont vaincu se sont enfuies sur la Terre, où elles se sont transformées en mortelles. L'anneau d'Héphaïstos se trouve à présent entre les mains de ces trois humaines. Lave cet affront ! Infiltre-toi dans leur entourage et sème la discorde entre elles.

Arès fit tournoyer son épée. L'arme siffla tout près du visage du Sycophante et fendit en deux le bloc de marbre posé devant lui. Le Sycophante resta impassible.

— Ne te laisse pas tromper par leur aspect. Elles ont l'air de trois fillettes, mais elles possèdent le cœur et les pouvoirs d'Athéna, Artémis et Aphrodite. Bien qu'encore inexpérimentées, elles ont conservé une partie de leur puissance.

Le Sycophante baissa la tête en signe d'assentiment.

Le seigneur de la Guerre quitta son trône. S'approchant des huit statues, il arracha la couronne de laurier posée sur la tête de Dionysos. Le rubis étincela.

— Ceci te permettra d'atteindre la Terre, dit-il en remettant la pierre précieuse au Sycophante. Et maintenant va, introduis la haine parmi mes ennemies !

À ces mots, l'esprit encapuchonné tourbillonna sur lui-même et s'évanouit dans un nuage de fumée.

Arès retourna s'asseoir et observa la Flamme qui s'affaiblissait inexorablement. Tant qu'il n'aurait pas réussi à piéger les déesses, son corps et tout l'Olympe se consumeraient avec elle. Depuis longtemps il sentait sa puissance diminuer, sa force disparaître. Ce corps qui avait affronté et vaincu mille batailles était en train de l'abandonner. Désormais, il était réduit à l'état de spectre.

Mais l'heure de son triomphe était proche, il le sentait. Dès que ses ennemies seraient tombées dans le piège du Sycophante, il ne connaîtrait plus aucun obstacle. Il finirait par retrouver toutes ses forces et règnerait définitivement sur l'Olympe.

Pour l'éternité.

— L'heure de la vengeance est arrivée, monseigneur, susurra Drakos en s'avançant. Le Sycophante est invincible.

— Toi, occupe-toi de l'anneau d'Héphaïstos, le coupa Arès.

— Je ne vous décevrai pas, monseigneur, je ne vous décevrai pas.

— Ça vaudrait mieux pour toi. Ou tu connaîtras la même fin que Morphée.

— Morphée ? trembla le serviteur. Mais lui, il s'était opposé à ta volonté, monseigneur. Moi, je ne te trahirai jamais. Jamais !

— Vous finissez tous par me trahir tôt ou tard... et maintenant va-t-en !

Drakos s'éclipsa sans un bruit, et le seigneur de la Guerre demeura seul dans le Dodékatheon.

Morphée, oui. Il avait résisté aux souffrances les plus atroces sans jamais s'incliner. Par amour, avait-il expliqué, à bout de forces.

Arès éclata d'un rire méprisant.

Par amour de qui donc ?

Accident de parcours

— Kim Song, les questions ne sont pas à ton goût ?

La voix éraillée du professeur Collins résonna confusément dans l'esprit de Kim, mais elle n'y prêta pas attention. Elle avait toujours eu tendance à se perdre dans ses pensées, mais depuis qu'elle était allée sur l'Olympe cela avait encore empiré. Tout avait commencé quand elle et ses amies, Liz Madison et Lucy Grimaldi, avaient versé des larmes qui s'étaient transformées en cristaux. Celles de Kim étaient devenues de l'améthyste, celles de Lucy du quartz et celles de Liz de l'obsidienne.

Sans se soucier de ce qui se passait autour d'elle, Kim posa instinctivement la main sur sa boucle d'oreille en améthyste et jeta un coup d'œil au pendentif de quartz que Lucy était en train de tripoter tout en écrivant. Dans la classe d'à côté, Liz arborait un porte-clés d'obsidienne, accroché à la ceinture de son jean. Ces pierres étaient devenues leurs bijoux fétiches et aucune d'elles ne s'en séparait jamais. Parce qu'elles étaient le symbole de ce qu'elles avaient toujours été : trois grandes amies. Et avant tout trois déesses. Dotée d'un fort pouvoir de séduction, Lucy était Aphrodite. Liz était Artémis. Elle disposait d'une force et d'un courage surhumains. Enfin, Kim, ou Athéna, avait pour elle la puissance de son esprit.

Les déesses avaient survécu à la dernière guerre d'Arès et échappé à sa fureur en buvant de l'ambroisie. Cette boisson céleste leur avait permis de renaître sur la Terre comme mortelles. Morphée, le maître des Rêves, était resté dans leur monde d'origine pour garder leurs souvenirs. Mais Arès avait découvert la nouvelle identité des déesses et leur avait donné la chasse.

Un mystérieux garçon, que Kim avait surnommé Jared, leur avait révélé tout cela, en leur parlant à travers l'écran télé de la jeune fille, puis sur l'Olympe grâce à son portable Kim éprouvait déjà pour Jared un sentiment très fort.

Jared…

Elle était intimement convaincue que Jared était Morphée, de la même façon qu'elle était Athéna. Simplement, elle n'en avait aucune preuve. Si elle avait raison, cela signifiait que l'amour entre Athéna et Morphée avait traversé le temps et était devenu ce sentiment qu'elle éprouvait pour Jared. Mais si elle avait tort…

Elle ne savait pas quoi en penser.

Mais elle n'arrivait pas à ne *pas* y penser.

***

— KIM SONG !!!

Le hurlement de Mme Collins la ramena instantanément à la réalité.

— Excusez-moi, je pensais à autre chose, bredouilla-t-elle.

— Autre chose ?

Malheureusement, sa distraction n'avait pas échappé à la prof de littérature, qui la fixait d'un œil suspicieux depuis son bureau.

On ne l'avait pas surnommée le « Vautour » par hasard.

— Je te surveille depuis plus d'une heure et tu n'as même pas regardé ta feuille. Tu as déjà répondu à tout ?

— Ben, je… balbutia Kim, qui prit soudain conscience

Le pouvoir des rêves

du désastre, tandis que la classe entière retenait son souffle. Ce qui figurait sur sa feuille n'était qu'un affreux gribouillage !

— En fait non, soupira la jeune fille. J'allais justement commencer…

Un murmure s'éleva parmi ses camarades, et on entendit un ricanement.

— Alors sache qu'il te reste cinq minutes, siffla Mme Collins en scrutant la classe. Tu ferais mieux de te dépêcher si tu espères une note supérieure à zéro.

Cinq minutes ! Elle n'y arriverait jamais…

Kim jeta un coup d'œil vers Lucy, assise au premier rang à côté d'elle. Son amie devait penser qu'elle s'en sortirait brillamment, comme toutes les autres fois, car elle lui adressa un sourire d'encouragement, avant de se remettre à examiner sa feuille d'interrogation.

Pour réussir l'évaluation dans les quelques minutes restantes, Kim n'avait qu'à mettre toutes les croix dans les bonnes cases. En apparence, c'était un jeu d'enfant, car elle avait révisé pour ce contrôle. Elle n'aurait même pas besoin de faire appel à l'un de ses nouveaux pouvoirs magiques, un de ces « clics » qui lui permettaient de savoir des choses qu'elle croyait ignorer. Ces « clics » qui l'avaient sauvée plus d'une fois et qui lui venaient directement de sa vie passée de déesse. Pour répondre à toutes ces questions, il lui suffisait d'être là *avec toute sa tête*. Mais son esprit demeurait obstinément ailleurs.

Lucy tapota sur sa table pour attirer son attention et lui fit signe de se secouer. Elle commençait sûrement à se demander pourquoi elle restait le stylo en l'air. Kim secoua la tête.

— C'est l'heure! annonça la prof en se grattant les mains d'une façon répugnante. Rinoir, tu ramasses les copies?

— Bien sûr, madame!

Fred Rinoir, le bipède le plus gluant de toute l'école, se glissa entre les tables pour prendre les feuilles. Il posa celle de Kim au-dessus des autres et les porta jusqu'au bureau.

— Une feuille blanche, Song? commenta la professeur d'un ton ironique en examinant la copie. Intéressant, ce gribouillis. J'en tiendrai compte pour ta note.

Kim demeura silencieuse, mais heureusement le son de la cloche mit fin à son embarras. Vautour-Collins sortit de la salle, suivie par quelques élèves.

— Je pensais que tu avais déjà fini! s'exclama Lucy d'un air navré. Moi, même avec le double de temps et tous mes livres ouverts sur la table, je n'aurais pas réussi à répondre à ces maudites questions... d'ailleurs, les dernières, je les ai cochées au hasard... Mais toi... qu'est-ce qui t'est arrivé ?

— Je ne le sais pas moi-même, répondit Kim en rangeant ses affaires dans son sac. Mais ce que je sais, c'est que je vais me payer la note la plus pitoyable de ma carrière !

— Pas de « clic » ?

— Non, mais je n'en avais pas besoin. Les réponses, je les connaissais, c'est juste que j'ai oublié de les écrire !

— Alors, même les génies ne sont pas infaillibles ! ricana Fred Rinoir en sortant. Dommage, tu brises un mythe.

Et il s'éloigna avant qu'elles aient le temps de répliquer.

À présent, elles étaient seules dans la salle de classe.

— Ne t'occupe pas de ce pauvre invertébré, il est jaloux ! éclata Lucy.

Kim appréciait toujours la façon dont son amie prenait son parti quand quelqu'un se hasardait à la critiquer.

— Fred et ceux de son espèce se sentent tellement bêtes comparés à toi que, quand tu commets une erreur, ça les rassure !

— Mais je me suis tout de même pris une honte XXL.

Aujourd'hui, mes neurones font grève, admit Kim alors qu'elles se dirigeaient toutes les trois vers le couloir. Pour une fois, Rinoir n'a pas tout à fait tort.

— Fred Rinoir a *toujours* tort, rétorqua Lucy. Les neurones de sa grosse tête graisseuse sont en grève depuis le jour de sa naissance. Un accident de parcours, ça arrive à tout le monde. Même aux vrais génies.

Kim sourit devant l'enthousiasme de son amie.

— Ça fait du bien de pouvoir toujours compter sur toi !

Dans la cour du collège, des garçons et des filles discutaient en petits groupes avant de rentrer chez eux, au milieu d'un va-et-vient de vélos et de scooters. Kim et Lucy s'assirent sur le muret de l'entrée en attendant Liz, qui, en seconde C, allait sortir de cours quelques minutes plus tard. C'était une journée printanière à Rainbow Hill.

— Mais à quoi est-ce que tu pensais pendant l'interro ? demanda Lucy. Tu es bizarre ces derniers temps… enfin, plus bizarre que d'habitude.

Kim regarda ses vêtements en essayant de changer de sujet.

— Pourquoi ? Ma tenue n'est pas bien assortie aujourd'hui ? dit-elle en plaisantant.

Le pouvoir des rêves

— Non, c'est *toi* qui ne vas pas, répondit Lucy en riant. Tu crois que je ne remarque pas quand quelque chose cloche ?

— Je t'assure qu'il n'y a rien ; c'est seulement qu'avec cette histoire de rénovation du magasin ma mère va me refiler une tonne de choses à faire, débita Kim à toute vitesse. Et, comme mon frère ne bougera pas le petit doigt, il faudra que je travaille aussi à sa place.

Elle reprit son souffle et ajouta :

— Avec toutes les interrogations qui nous pendent au nez, plus celle que je dois rattraper, je peux m'attendre à des journées hallucinantes !

— Tu es sûre que ce n'est que ça ? insista Lucy, méfiante.

Kim se repentit d'avoir répondu avec tant d'empressement. Elle savait que son amie verrait cela comme un signe de nervosité de sa part et qu'elle activerait ses antennes spéciales antimensonge. C'était comme si elle arrivait à lire dans les pensées des autres, mais surtout dans celles de Kim. Et pas grâce à un quelconque pouvoir mystérieux, c'était vraiment un don naturel. Il n'y avait qu'une seule issue : la fuite.

— Mais si tu te préoccupes tellement de l'école, poursuivit Lucy, l'air rusé, comment se fait-il que tu aies passé tout ton temps à rêvasser au lieu de faire le devoir ? Et puis, tu n'as pas l'air de trop t'inquiéter de la sale note que va te coller Collins…

Kim ne savait plus quoi dire. L'arrivée de Liz la sauva in extremis.

— Salut, les filles ! lança leur amie en passant devant elles à toute vitesse. Désolée, mais Matt m'attend. L'entraînement est avancé aujourd'hui. À plus tard !

Sauvetage manqué.

Kim et Lucy regardèrent Liz sauter sur le scooter de Matt, son meilleur ami, et partir avec lui à son cours d'escrime. Avec eux disparaissait l'unique chance de Kim d'éviter les questions trop gênantes.

— Matt est vraiment mignon ! s'exclama Lucy tandis qu'elles récupéraient leurs bicyclettes au parking. J'aimerais bien lui proposer de sortir un soir, mais je ne sais pas comment Liz le prendrait.

— Pourquoi est-ce qu'elle devrait mal le prendre ? Elle dit toujours qu'il est comme un grand frère pour elle, répondit distraitement Kim, tout en essayant d'ouvrir l'antivol de son vélo rose fluo.

— Attends, je vais t'aider, fit Lucy en voyant qu'elle était pratiquement en train de se menotter à la roue.

— Merci, sourit Kim. Maintenant, il faut que je file moi aussi.

— On ne fait pas la route ensemble ? demanda Lucy, surprise. Mais qu'est-ce que vous avez toutes aujourd'hui ?

— Euh… je t'appelle, salut !

Kim partit comme une flèche. Elle n'était pas très fière de se comporter de cette manière, mais elle n'aurait pas eu la force d'affronter un interrogatoire en règle. Et elle ne se sentait pas non plus encore prête à parler de ce qui la rendait si rêveuse. Elle voulait d'abord essayer de se comprendre elle-même.

Lucy ne s'était pas trompée sur elle. Elle n'était peut-être pas un as des devoirs de littérature, mais si l'intuitiologie avait existé son amie aurait obtenu une sacrée bonne note. Ce que Kim éprouvait pour Jared était quelque chose de très fort, peut-être plus fort encore que ce qu'elle éprouvait dans la peau d'Athéna.

Une chose qui la désespérait et la rendait heureuse à la fois.

Des choses qui arrivent

Au Bazar des Rêves, le magasin de la famille Song, où l'on vendait de tout, des biscuits aux antiquités en passant par le rouge à lèvres, il régnait une grande agitation.

Kim poussa la porte où figurait l'écriteau « Fermé pour cause de travaux » et fut assaillie par une puissante odeur de peinture fraîche. Debout sur une échelle, son père sifflotait en peignant un mur. Sa mère, elle, faisait les comptes derrière le comptoir. Quant à son frère, Yong, il ne faisait rien, comme d'habitude. En l'entendant entrer, son père, Lee, se retourna avec un grand sourire et la salua en agitant son pinceau dégoulinant.

Le pouvoir des rêves

— Salut à tous! dit Kim. Quand est-ce qu'on mange?

— Toujours trop tard, répondit Yong avec un sursaut d'énergie inattendu, du haut du gros carton où il était assis les jambes pendantes.

— On ne va pas tarder à monter, dit Hana Song sur un ton qui ne promettait rien de bon. Kim, viens par ici.

«Ça y est, pensa-t-elle. Ma dernière heure est arrivée!»

Sa mère la conduisit dans l'arrière-boutique, où était entreposée toute la marchandise du magasin pour la durée des travaux.

— Comme tu l'auras imaginé, commença-t-elle sans préambule, la participation de tous les membres de la famille est nécessaire pour rendre notre cher magasin plus beau et plus fonctionnel.

— «Tous les membres de la famille», ça inclut Yong? l'interrompit Kim.

— Bien sûr; lui, il aide ton père. Mais parlons plutôt de toi. Avec la réorganisation que j'ai… que nous avons décidée, nous aurons besoin de plus de place pour la marchandise. Mais, malheureusement, le magasin est envahi par le bric-à-brac de ton père.

En effet, Lee Song avait la déplorable manie d'acheter tous les objets les plus bizarres jamais conçus par l'esprit humain.

— Et donc… ? demanda Kim, entrevoyant sa condamnation imminente aux travaux forcés.

— Et donc quelqu'un devra y mettre de l'ordre. Je te confie cette tâche. Tout ce que nous ne pouvons pas espérer vendre dans les sept prochaines générations doit être jeté.

— Mais c'est dommage, ce sont des objets si… si… tellement…

Kim ne trouvait pas les mots pour décrire les absurdes gadgets de son père

— Horripilants, inutiles et poussiéreux, trancha Hana Song.

Mais aucun de ces trois adjectifs ne convenait à Kim, à qui, au fond, les objets de son père plaisaient.

— Fais-toi aider par ton frère si tu le juges nécessaire.

— Maman ! Sois sérieuse… supplia Kim. Tu sais bien que Yong s'est transformé en limace et qu'il ne bougera pas le petit doigt. C'est encore moi qui vais me coltiner tout le boulot !

Mme Song esquissa un demi-sourire, mais elle ne

répondit pas. Elle était beaucoup plus tolérante avec son fils, et lui passait des choses qui auraient coûté à Kim des siècles d'économie d'argent de poche.

— Et puis, tu omets de mentionner un obstacle insurmontable… insista-t-elle en s'accrochant à ce dernier espoir.

— Lequel ? fit sa mère d'un ton calme et ferme, comme toujours. Un mur de caoutchouc, doux mais impénétrable.

— Papa, répondit simplement Kim. Il ne se séparera jamais de ses chers « trésors ». Chacun de ces objets est une partie de sa vie. Comment espères-tu le convaincre de s'en débarrasser ?

— Ça, c'est ton problème, répliqua Hana Song. Il sait que c'est toi qui t'en occuperas et il essaiera par tous les moyens de t'attendrir. Il faudra être forte !

— Mais ça va me prendre au moins dix ans…

— Sûrement pas ! Tu dois être prête pour l'inauguration. Alors veille à bien t'organiser.

— Et comment je fais pour étudier, et tout le reste ? gémit Kim.

Mais sa mère était déjà repartie vers le magasin. La discussion était définitivement close.

***

— Qu'est-ce qui te prend ? s'exclama Liz en parant avec son sabre une attaque soudaine de Matt. C'est seulement l'échauffement !

— Aujourd'hui, je me sens en pleine forme, répondit-il en bondissant, l'air joyeux. Tu n'as aucune chance.

— Les très rares fois où tu as réussi à me battre, j'avais quarante de fièvre ou je ne dormais pas depuis des mois, sourit Liz.

— Un instant d'attention, s'il vous plaît !

La voix de l'entraîneuse Suzanne Silvercross résonna dans le gymnase. Tous s'arrêtèrent et firent silence.

— À partir d'aujourd'hui, nous avons un nouvel inscrit, poursuivit Suzanne Silvercross.

Elle fit signe à quelqu'un parmi les élèves, et un jeune garçon aux cheveux roux que Liz n'avait même pas remarqué vint se placer à côté de l'entraîneuse.

— Voici Sasha, annonça-t-elle. Nous sommes déjà à la moitié de l'année, mais il est très fort techniquement et il s'intégrera très bien. Il va d'ailleurs nous le démontrer tout de suite. Qui veut venir sur la piste ?

— Peut-être cette fille ? fit Sasha avec un petit sourire en désignant Liz.

— Matt, je rêve ou c'est moi qu'il est en train de montrer ? chuchota l'heureuse élue.

— J'ai l'impression que oui, répondit-il en ricanant. Et je parie qu'il ne va pas tarder à s'en mordre les doigts.

— Approche, Liz, l'appela Suzanne Silvercross. Très bon choix, Sasha. Liz Madison est l'une de mes meilleurs élèves.

La jeune fille rejoignit à contrecœur son adversaire sur la piste. Comme si cela ne suffisait pas, l'entraîneuse lui décocha un regard lourd de sens : comme d'habitude, elle voulait la mettre sous pression.

Sasha la fixa avec un petit sourire, jusqu'à ce qu'il finisse par disparaître sous le masque. Au signal de l'entraîneuse, les deux jeunes gens commencèrent le duel. Ils s'étudièrent d'abord en faisant quelques fentes pour évaluer leurs points faibles respectifs. On n'entendait que le frottement de leurs semelles sur la piste et le bruit des armes qui s'entrechoquaient. Liz adorait l'atmosphère du gymnase, mais cet après-midi-là il y avait quelque chose de bizarre.

Sasha faisait preuve d'une habileté et d'une détente impressionnantes. Liz sentit son estomac se nouer. Son adversaire était en train de lui échapper. Il était trop rapide. Trop précis. Suzanne Silvercross elle-même n'était pas aussi efficace. Et c'était une ex-championne.

Liz n'arrivait même pas à comprendre d'où arrivaient les coups.

Tout se passa en un instant : lors d'un assaut agressif, Sasha la toucha à l'épaule.

Liz demeura de glace.

— Ça va, Liz, merci ! commenta l'entraîneuse, impatientée. Et bravo, Sasha. À partir d'aujourd'hui, tu es des nôtres.

Liz ôta son masque de son visage en sueur et quitta la piste sans un mot. Elle n'arrivait pas à croire à une telle humiliation. Personne n'avait jamais réussi à la battre de cette façon et, surtout, si rapidement !

Les autres élèves s'empressèrent d'aller saluer le vainqueur. Liz frémit en voyant que Matt était parmi eux. Elle aurait espéré que son ami d'enfance vînt lui donner une bonne tape sur l'épaule. Quant à Sasha, il continuait à serrer des mains et à la regarder en souriant. Un sourire horripilant.

À la fin de l'entraînement, Liz se précipita dans les vestiaires. Elle voulait à tout prix éviter un nouveau sermon de Suzanne Silvercross : « Toujours ton problème de concentration », etc., etc. Ce discours, elle l'avait déjà trop souvent entendu. Elle savait qu'elle se trompait en se comportant de cette manière, mais c'était une question d'orgueil. Et puis, ce qui venait de lui arriver n'avait rien à voir avec sa concentration. Il y avait quelque chose d'autre, elle le sentait.

Elle sortit du gymnase de très mauvaise humeur et s'installa sur le scooter de Matt en l'attendant. Depuis le complexe sportif, on voyait un morceau du Potomak, le détroit où se rejoignaient les eaux des deux bras de mer arrosant Rainbow Hill. Elle respira à pleins poumons la brise salée pour essayer de se calmer.

Quelques instants plus tard, son ami franchit la porte d'entrée en compagnie de Sasha.

— Alors la prochaine fois on s'entraîne ensemble! s'exclama le nouveau venu sans un regard pour Liz.

La jeune fille en resta bouche bée. Matt était *son* partenaire d'entraînement. Aucun d'eux ne s'entraînait jamais avec d'autres.

— J'ai entendu dire que tu étais le plus fort dans ce gymnase, poursuivit l'insupportable rouquin.

— Euh, merci, mais je ne… fit Matt, embarrassé.

Il jeta un coup d'œil à Liz, qui se figea, le regard obstinément ailleurs, tandis qu'une colère incontrôlable s'emparait d'elle.

— Voilà mon bus ! s'exclama Sasha. À la prochaine !

Le gringalet courut jusqu'à l'arrêt et monta juste à temps.

— Quel drôle de type ! fit Matt. Je te raccompagne chez toi ou on va boire quelque chose chez Fatty Sam ?

Il ne lui demanda pas ce qui s'était passé, et ne lui fit pas une seule remarque. C'était une des raisons pour lesquelles Liz s'entendait si bien avec Matt. Il la connaissait parfaitement et il savait quand il valait mieux la laisser tranquille.

— Ça ne t'ennuie pas si je rentre directement chez moi ? répondit la jeune fille en se forçant à sourire. Je ne suis pas en forme.

— Allez, n'y pense plus, dit Matt. Ce sont des choses qui arrivent.

« Non, pensa Liz. Je ne dois pas être une déesse. » À quoi lui servaient donc tous ses pouvoirs si elle se faisait battre comme une bleue par le premier venu ?

— Et puis, Sasha est nouveau, tous les autres savent que c'est toi la plus forte, ajouta Matt en sortant les casques du coffre de son scooter.

Il essayait de ne pas le montrer, mais il était évident que les compliments de Sasha l'avaient flatté.

— On dirait que ce n'est plus le cas, rétorqua Liz. Tu viens tout juste d'être élu numéro un du gymnase...

— Ne me dis pas que tu es énervée à cause de ce qu'a dit Sasha ?

— Tu rigoles ! Bon, on y va ?

Matt la regarda et éclata de rire.

— Le casque ne t'avantage vraiment pas quand tu es en colère. Si tu voyais ta tête : tu as l'air d'une tomate en boîte !

Liz se mit à rire avec lui. Pendant un instant, elle avait été tentée de rentrer à pied, mais cela aurait été reconnaître qu'elle était vraiment vexée. Et, au fond, ce n'était pas la peine de s'en faire. Ce Sasha était peut-être une espèce de prodige débarqué de Pluton. Elle s'était laissé prendre par surprise et elle avait perdu, mais à la première occasion... Il lui suffisait d'attendre le bon moment pour saisir sa revanche.

***

— Allez, ma chérie, ce sont des choses qui arrivent, commenta sa mère, Cathy.

— Elles ne devraient pas m'arriver à moi, maugréa Liz, tout en se consolant avec un sandwich à dix étages.

En arrivant chez elle, elle avait trouvé sa mère en train de boire un thé dans la cuisine. Elle reprendrait ensuite son travail de créatrice de bijoux dans le magasin adjacent.

Daïmon, son bouledogue adoré, minuscule mais courageux comme un lion, était gentiment assis au pied de sa chaise.

— Tu aurais dû voir la tête de Matt, reprit-elle. Après les compliments de Mister Sourire-en-Coin, il était aussi heureux que s'il avait plongé dans une piscine de chocolat !

Elle s'arrêta net. Un surnom comme celui-là aurait pu être inventé par Lucy.

— J'avais presque envie de le planter là avec son nouvel ami… poursuivit-elle.

— C'est normal qu'il soit content. Tous les deux, vous êtes en compétition depuis que vous êtes petits, dit sa mère en souriant. Souviens-toi que les hommes n'aiment pas du tout que les femmes soient plus fortes qu'eux. Et toi, tu l'es…

Liz haussa les épaules. Elle commençait à avoir quelque doute à ce sujet.

Cathy finit sa tasse de thé vert et se leva.

Le pouvoir des rêves

— Excuse-moi, mais je dois retourner à côté. J'attends une cliente.

En passant, elle ébouriffa affectueusement les cheveux de sa fille, et Liz marmonna quelque chose en mordant à pleines dents dans son sandwich. Elle se sentait déjà plus tranquille. Grâce à la douceur qu'elle mettait dans chaque chose, sa mère éteignait toujours les feux qui couvaient.

— Mais ce Sasha est vraiment antipathique, marmonna Liz pour elle-même. Qu'est-ce que tu en penses, toi, Daïmon ?

En guise de réponse, le chien sauta dans ses bras et aboya.

— J'étais sûre que tu serais d'accord avec moi !

Un bol d'air

Lucy ferma les yeux et prit une longue inspiration pour ne pas exploser.

— Guillaume, je t'ai dit de baisser cette télé ! hurla-t-elle du haut de l'escalier. Je suis au téléphone et je n'arrive pas à entendre un seul mot ! Et arrête de sauter sur ce canapé !

Son frère baissa le volume et cessa de sauter quelques instants. Lucy se jeta de nouveau sur son lit.

— Désolée, Kim ! reprit-elle. Mon frère a le chic pour me rendre folle. Où est-ce qu'on en était ?

Les deux amies se remirent à parler des équations d'algèbre qu'elles devaient rendre le lendemain. C'était la troisième interruption. Déjà que les mathématiques étaient une torture !

— ...Et c'était la dernière, conclut Kim. On a réussi.

— Ouf ! Je n'y croyais plus ! dit Lucy avec soulagement.

Elle posa son cahier et s'installa plus confortablement sur sa couette. Elles allaient enfin pouvoir bavarder. Mais, cette fois, pas d'interrogatoire. Lucy s'en voulait d'avoir été indiscrète, l'autre jour à l'école. Kim avait un problème, c'était évident, mais elle avait le droit d'en parler seulement quand elle le voudrait.

Et elle parlait justement d'autre chose.

— Aujourd'hui, j'ai jeté un coup d'œil à la réserve, dit Kim. Ma mère veut que je la range, mais il faudrait une armée pour mettre de l'ordre là-dedans. Quelle corvée !

— Tu peux compter sur moi, assura Lucy. Et aussi sur Liz. Si ça se trouve, on va s'amuser : ton père a tellement de trucs marrants.

— Je te préviens que je considère ça comme une promesse ! Méfie-toi... Mais qu'est-ce qui se passe ?

Le volume de la télé était de nouveau à fond.

— GUILLAUME ! hurla Lucy, au bord de la crise de nerfs. Excuse-moi, Kim, mais je vais voir ce qu'il fait ! Je te rappelle.

Dès qu'il vit arriver sa sœur, Guillaume cacha la télécommande derrière son dos et se mit à sauter sur le canapé d'un air moqueur.

— GUIL-LAU-ME! GUIL-LAU-ME! scandait-il en ricanant.

— Tu l'auras cherché! dit Lucy d'un ton menaçant.

Avec son frère, Lucy essayait de ne pas avoir trop souvent recours à son battement de cils magique, le plus amusant des pouvoirs qu'elle avait hérités de son passé de déesse Aphrodite. Mais il n'y avait aucun autre moyen de faire tenir son frère tranquille. Il ne lui laissait pas d'autre choix.

— Arrête de sauter sur le canapé, lui ordonna-t-elle en battant des cils intensément.

Effet immédiat! Guillaume s'arrêta aussitôt.

— Maintenant, je retourne dans ma chambre, poursuivit Lucy d'une voix suave. Et toi, tu restes gentiment assis à regarder la télé. Avec le son au minimum. On est d'accord?

— Okay, Lucy, répondit Guillaume, devenu soudain très obéissant.

Après quoi, il s'assit sur le canapé et baissa le volume de la télé.

Lucy regagna sa chambre, enchantée du résultat. Elle

aurait dû y penser avant ! Elle rappela Kim et les deux amies se mirent à discuter des garçons supermignons de terminale qu'elles avaient croisés. Et, lorsqu'elle parlait de garçons, Lucy perdait complètement la notion du temps...

— Lucy !

Ce cri la ramena brusquement à la réalité. C'était la voix de sa mère.

Elle bondit, soudain consciente qu'elle avait passé une heure entière dans un silence paradisiaque. « Et Guillaume ? » se demanda-t-elle.

Elle dit rapidement au revoir à Kim et courut vers l'escalier. Ses parents venaient à peine de rentrer et ils étaient debout dans le salon.

— Qu'est-ce qu'il y a, maman ? demanda Lucy. Tu m'as fait peur !

Mme Grimaldi désigna Guillaume d'un air horrifié. Le garçon était toujours tranquillement assis devant la télé. Et cela semblait contrenature.

— Ben quoi ? Il regarde la télé, dit Lucy d'un ton désinvolte, tandis qu'un affreux soupçon lui traversait l'esprit. Où est le problème ?

— Où est le problème ? Ton frère reste immobile. Il

est muet. Et la télé ne fait presque pas de bruit, mais il la regarde quand même !

Lucy eut l'impression que sa mère la passait aux rayons X.

— Qu'est-ce que tu lui as fait ? Tu ne l'as pas puni ?

— Maman, voyons… Tu as déjà vu Guillaume respecter une punition ?

Mal à l'aise, la jeune fille commençait à transpirer. Pour une raison inconnue, ses pouvoirs ne fonctionnaient quasiment pas sur sa mère. Elle n'arrivait pas à lui faire faire des choses contraires à sa volonté. Sa mère avait un tempérament de fer. Il fallait absolument qu'elle invente une explication. Et en vitesse.

— On a joué… euh… commença-t-elle.

Plus vite !

— On a joué… au… petit frère obéissant ! dit-elle, tout en pensant que c'était la pire excuse qu'elle eût jamais imaginée. Mais maintenant il fallait trouver un moyen de la rendre crédible. On va te montrer, hein, Guillaume ? Tu veux bien m'attraper quelques DVD ?

— Tout de suite, répondit son frère d'une voix d'ange.

À ce moment-là, Lucy commença à s'inquiéter sérieusement. En temps normal, Guillaume lui aurait au moins fait une grimace. Toutes les autres fois où elle avait utilisé ses pouvoirs sur lui, l'effet avait duré juste le temps nécessaire pour faire retomber sa colère. Là, l'effet se prolongeait. Lucy respira profondément et fit un grand sourire à sa mère. Que lui dire de plus ?

Mme Grimaldi semblait peu convaincue.

— J'avais bien dit que tout était en ordre, lança M. Grimaldi d'un air enjoué.

Lucy suivit son frère à l'étage. Guillaume lui apporta les DVD très gentiment, au lieu de les lui jeter à la tête. La situation devenait vraiment grave !

La jeune fille saisit son frère par les épaules et le regarda droit dans les yeux.

— Guillaume, regarde-moi, lui dit-elle en battant fortement des cils. Oublie ce que je t'ai dit… rester tranquille sur le canapé, tout ça… Tu as compris ?

Pour toute réponse, Guillaume lui envoya un coup de pied dans le tibia et s'enfuit dans un éclat de rire. Un instant plus tard, la télé se remit à hurler.

Lucy avait très mal au tibia, mais elle poussa tout de même un soupir de soulagement. Tout compte fait, elle préférait cette version de son petit frère, aussi pénible que d'habitude.

Quelque chose clochait avec ses pouvoirs. Certes,

elle avait réussi à annuler l'effet de son premier battement de cils, mais elle devait absolument parler à Kim de ce qui s'était passé. Peut-être qu'elle trouverait une explication.

Elle appela donc aussitôt son amie coréenne ainsi que Liz, et elle leur proposa d'aller faire un tour dehors. Elle avait besoin d'un bol d'air. Et vite.

Au centre commercial

Lorsque Liz gara son vélo devant la maison des Grimaldi, Kim était déjà arrivée.

— Et Lucy ? demanda-t-elle à son amie.

— Elle a dit qu'elle descendait tout de suite, répondit Kim. Mais c'était il y a dix minutes !

Liz sourit. Lucy en retard : rien de plus normal.

— Où comptiez-vous aller ? demanda-t-elle pour ne pas perdre plus de temps.

— On n'en a pas encore parlé. Moi, je voudrais bien faire un tour à la librairie.

— À la librairie ? répéta Lucy, qui sortait à l'instant de chez elle. Kim, par pitié ! J'avais plutôt pensé à une bonne séance de shopping !

— Pour moi, il n'y a rien de plus cool que la librairie, s'obstina Kim.

— Alors je te promets d'y passer un après-midi entier quand tu voudras, mais pas aujourd'hui! J'ai vraiment besoin de souffler. Et puis, il faut qu'on parle.

— Okay, se résigna Kim. J'irai toute seule un de ces jours.

— Et si on allait au centre commercial? proposa soudain Liz. Il y a tout, là-bas. Des boutiques de vêtements, de chaussures, des parfumeries, et même des librairies. Je dois m'acheter une veste au magasin de sport.

— Ouais, Liz! s'écria Lucy, enthousiaste. Je vote pour le centre commercial. Et toi, Kim?

— Okay pour moi aussi.

— Prends ton vélo, Lucy! ajouta Liz, qui attendait déjà impatiemment, les mains sur son guidon.

— Tu plaisantes? protesta son amie. C'est au moins à dix kilomètres!

— Deux, au maximum, corrigea Kim.

— On ne va pas gaspiller toute notre énergie à pédaler! On n'aura plus de force pour le shopping!

— T'inquiète, Lucy, on va prendre un raccourci, dit Kim.

Le pouvoir des rêves

Et elle sortit de son sac son Mercure 3000, le portable multifonctions que Lucy lui avait offert pour son anniversaire.

— Il suffit de consulter le GPS, ajouta-t-elle en tapotant à toute vitesse sur le clavier.

— Tu as un navigateur satellite sur ton téléphone ? demanda Liz.

— Le Mercure, c'est le top du top ! s'exclama fièrement Kim en montrant à ses amies le petit cercle clignotant qui indiquait le Kohinoor Center sur le plan de la ville.

Lucy n'eut plus qu'à abdiquer.

***

Le Kohinoor Center était un lieu ultramoderne en forme de diamant. Le soleil qui se reflétait sur ses baies vitrées le rendait d'une beauté éblouissante.

— Les filles, regardez autour de vous ! s'exclama Lucy en dévorant des yeux les vitrines du premier étage. Des boutiques, des boutiques et encore des boutiques, de la bonne musique, plein de gens… Vous aussi, vous vous sentez dans votre élément ?

— Oui, maintenant que j'ai vu *ça* ! dit Kim en montrant une affiche collée sur la vitrine d'un magasin de photos.

— Ben quoi ? C'est seulement un concours, observa Lucy en s'approchant sans grand intérêt de la vitrine.

— Le premier prix pour la plus belle photo de nature est un appareil photo professionnel, dit Kim. J'aimerais trop le gagner !

— Pourquoi tu ne participes pas ? Tu te débrouilles bien en photo, observa Liz.

— C'est vrai, confirma Lucy. Tu n'as qu'à aller au jardin public avec ton Mercure, ou bien dans le bois de Blustery Hill, et puis…

Kim la poussa du coude.

— Aïe ! Qu'est-ce que… ? s'écria Lucy.

Mais, en comprenant le signal de son amie, elle se tourna vers Liz.

— Excuse-moi. J'ai parlé sans réfléchir…

— Ne t'inquiète pas, répondit Liz d'un air indifférent. Ça ne me fait aucun effet.

En vérité, ce n'était pas le cas, mais Liz n'avait pas l'intention de gâcher l'ambiance. Le bois de Blustery Hill était l'endroit où son père avait disparu dix ans plus tôt, le jour du grand tremblement de terre, alors qu'ils

Le pouvoir des rêves

se promenaient ensemble. Liz n'avait aucun souvenir de ce fameux jour. Elle ne se souvenait même pas de son père, si ce n'est de son rire chaleureux, qui réchauffait le cœur. C'était le seul détail dont elle se rappelait clairement, qu'elle n'avait pas reconstruit grâce aux photos et aux récits d'autres personnes. Elle avait pourtant souvent essayé de se remémorer son père, mais en vain. Jusqu'au jour où elle s'était retrouvée sur l'Olympe avec Lucy et Kim et qu'elle était descendue dans un souterrain. La terre avait tremblé et une pierre lui était tombée dessus. Elle était restée inconsciente pendant un moment et, là, elle avait *vu*. Elle n'arrivait pas à savoir s'il s'agissait d'un rêve, d'une vision ou d'un souvenir. En tout cas, elle avait revécu la disparition de son père.

Dans ce qu'elle espérait être un souvenir, Liz avait vu Blustery Hill, et son père qui tombait dans une crevasse avant de disparaître, dans une fulgurante lumière noire. Elle s'était vue enfant pleurer en attendant son retour, puis sécher ses larmes en serrant dans sa main un petit morceau d'obsidienne. Identique à celui que les secouristes avaient trouvé et que sa mère conservait dans la vitrine du salon.

Leur obsidienne : Liz ne pouvait s'empêcher de penser que la pierre qui renfermait ses pouvoirs de déesse était également le lien qui l'unissait à son père. Depuis toujours, sa mère, Cathy, était persuadée que son mari réapparaîtrait tôt ou tard. Liz au contraire n'y avait jamais cru, mais après cette vision elle s'était mise à espérer à son tour.

— On reste plantées là ou on entre quelque part ? ajouta-t-elle en essayant de penser à autre chose.

Lucy saisit l'occasion.

— Commençons par ce splendide magasin qui fait des mégasoldes !

Et, avant que Liz et Kim n'aient eu le temps d'ouvrir la bouche, elle s'était déjà précipitée dans la boutique, où elle se mit aussitôt à sélectionner une impressionnante collection de vêtements qu'elle voulait essayer. Quand ses amies la rejoignirent, elle était déjà installée dans une cabine d'essayage, les bras chargés de pulls, de tee-shirts et de pantalons.

— Je suis là, venez ! cria-t-elle joyeusement. Vous savez bien que j'ai besoin de votre avis !

Une minute plus tard, elle avait enfilé un jean et se plantait devant la glace.

— Comment il me va ? J'ai l'impression qu'il est mal coupé. Et puis, j'aime pas trop la couleur. En fait, il est horrible. Mais pourquoi est-ce que j'ai pris un pantalon aussi ignoble ?

« Typique », pensa Liz. La vitesse avec laquelle son amie changeait d'opinion était l'un de ses traits distinctifs.

Lucy disparut à nouveau dans la cabine, sans même attendre leur avis. Liz leva les yeux au ciel et Kim se mit à rire. Ce n'était que le début !

— Je peux vous aider, mesdemoiselles ? demanda une vendeuse en s'approchant d'elles.

— Peut-être ! répondit Kim. Si vous repassez d'ici environ six heures, vous trouverez deux ou trois cents tee-shirts à plier...

— Malheureusement, nous fermons dans deux heures, répliqua la jeune fille en souriant, avant d'aller servir d'autres clients.

— Je t'ai entendue, figure-toi, s'indigna Lucy en écartant les rideaux de la cabine. Au fait, je ne vous ai pas encore raconté mon après-midi cauchemardesque.

— Le mien a été pire, grogna Liz.

— Encore des problèmes au gymnase ? lui demanda Kim.

— Tout juste, et encore à cause de Mister Sourire-en-Coin. Celui qui m'a ridiculisée devant tout le gymnase. Il s'est entraîné avec Matt !

— Et alors ? demanda Lucy, toujours encadrée par les rideaux de la cabine d'essayage.

— Comment ça, et alors ? Je n'aurais jamais imaginé une chose pareille de la part de Matt. Il m'a laissé tomber comme une vieille chaussette... trouée et puante !

— Pour une fois, il peut bien s'entraîner avec quelqu'un d'autre, non ? continua Lucy.

— Okay, n'en parlons plus ! De toute façon, tu le défends toujours, soupira Liz, agacée.

— C'est vrai, il est si mignon... répondit Lucy en riant. Mais c'est *moi* qui devais vous parler de mon après-midi, il me semble !

— Tu n'as pas réussi à calmer ton horrible petit frère, finalement ?

— Si, et même trop ! répondit Lucy.

Elle leur fit un récit détaillé des événements, avant de conclure :

— En fait, j'ai battu des cils comme les autres fois, mais, sans le vouloir, j'ai carrément hypnotisé mon frère ! Heureusement que j'ai réussi à tout remettre en ordre, sinon à l'heure qu'il est ma mère m'aurait déjà fait arrêter par la police.

— Si j'étais toi, je ne me tracasserais pas trop,

commenta Liz. Moi aussi, il m'est arrivé quelques petits incidents de ce genre avec mes pouvoirs.

— Moi, je ne trouve pas ça normal, dit Kim, avec une ombre d'inquiétude dans ses yeux bleus.

— « Normal »… répéta Liz avec ironie. Parce que découvrir que nous sommes des déesses de l'Olympe réincarnées, tu trouves ça normal ? C'est une phase de l'adolescence, peut-être ? Ça finira par nous passer tôt ou tard ?

Kim ne releva pas la provocation et se mit à replier avec un soin maniaque les vêtements que Lucy avait éliminés de sa sélection. Liz remarqua qu'elle semblait s'être subitement coupée du monde. Lorsqu'elle rangeait systématiquement les choses de cette façon, c'est qu'elle avait besoin de se calmer, ou que quelque chose s'était mis en marche dans sa tête.

Pendant ce temps, Lucy poursuivait son défilé de mode. Enfin arriva le moment de choisir parmi les chapeaux qu'elle avait essayés. Celui-ci jurait avec la couleur de ses cheveux, celui-là était passé de mode, cet autre lui ternissait le visage… Liz était sur le point d'exploser. Quant à Kim, elle était définitivement ailleurs.

— Voilà, on peut aller à la caisse, déclara Lucy en saisissant le seul tee-shirt qui avait échappé au tri. Et vous, vous n'essayez rien ?

Si elles n'avaient pas été aussi amies, Liz l'aurait volontiers laissé tomber.

Mais elles l'étaient.

***

En sortant du magasin, elles s'arrêtèrent dans un magasin d'où émanait une alléchante odeur de pizza. Un peu plus loin, Kim aperçut la mégalibrairie du Kohinoor Center.

— Je vais y faire un tour superrapide. De toute façon, je n'ai pas un sou en poche, dit-elle. Vous entrez avec moi ?

— Non, on va t'attendre dehors, répondit Liz. Si tu promets de ne pas y passer trois quarts d'heure.

Au moment où Kim entrait dans son temple préféré, Liz se retourna et eut un choc. Elle attrapa Lucy par le bras et l'entraîna sans explication à l'intérieur de la librairie.

— Eh, mais qu'est-ce qui te prend… ? s'exclama Lucy. Non, non, pas les livres !

— Tais-toi, par pitié ! chuchota son amie en se cachant derrière les présentoirs de la vitrine pour épier dehors.

— Qu'est-ce qui se passe, Liz ?

— Regarde, dit-elle. Le garçon à côté du petit aux cheveux roux, ça n'est pas Matt, n'est-ce pas ?

— Ce garçon à côté du rouquin minus, *c'est* Matt, répondit Lucy en lorgnant dehors. Et ils viennent par ici. Le minus, c'est Sasha, je parie.

— Exact, dit Liz en cherchant des yeux un endroit où se cacher. Tu crois qu'ils nous ont vues ?

— Je dirais que oui. Mais tu fais vraiment toute cette scène à cause de l'entraînement d'aujourd'hui ?

Liz fit une grimace agacée. Les dernières personnes au monde qu'elle aurait souhaité rencontrer se trouvaient juste en face d'elle. Mais avec un peu de chance…

— Lucy, Liz ! les interpella joyeusement Matt.

— Oh, salut, Matt ! s'écria Liz, faussement à l'aise. Ça alors ! D'où est-ce que vous sortez ?

— Je croyais que tu nous avais vus. Nous t'avons même appelée, lui fit remarquer Sasha avec son petit sourire énervant.

Puis il ajouta, en se tournant vers son amie :

— Et toi, tu dois être Lucy. Matt m'a beaucoup parlé de toi.

— Vraiment ? minauda Lucy en lançant un coup d'œil très satisfait à Matt.

— Vous feriez vraiment un beau couple, dit Sasha.

Lucy éclata de rire comme si c'était une plaisanterie, mais Matt, lui, rougit jusqu'aux oreilles en marmonnant quelque chose d'incompréhensible. Liz sentait son cerveau fumer. Elle dévisagea Sasha d'un air de défi.

Qu'est-ce qu'il cherchait, après tout, cet idiot de rouquin ?

— Liz aussi m'a parlé de toi, dit Lucy d'un air soudain perfide. Tu es le nouveau du cours d'escrime, n'est-ce pas ? Celui qui l'a battue du premier coup ?

— Oui, c'est bien moi, répondit Sasha. On pourrait faire un truc tous ensemble un de ces soirs.

— Ce serait génial, répondit Lucy d'un ton enjoué.

Liz se sentait sur le point d'exploser. C'était bien son amie qui venait de prononcer ces mots ?

— On peut savoir ce que vous faites ici ? demanda-t-elle sur un ton peu amical.

— C'était une idée de Sasha, répondit Matt. On fait un saut au magasin de sport, vous venez avec nous ?

— Oui, dès que… commença Lucy.

— Non merci, coupa Liz sèchement. On doit rejoindre Kim ici, à la librairie, et on en a au moins pour une heure.

— Alors on se voit demain au lycée, conclut Matt, et il s'éloigna avec Sasha.

Le pouvoir des rêves

Liz se retourna, prête à tailler Lucy en pièces.

— Je ne comprends pas pourquoi ce Sasha t'est tellement antipathique, la devança son amie. Moi, je le trouve adorable.

— Surtout quand il dit que toi et Matt «vous feriez un beau couple», hein?

— Ne sois pas si susceptible, Liz, il a seulement voulu dire quelque chose de gentil.

— «Quelque chose de gentil»? Ce Sasha est le type le plus faux et le plus menteur que j'ai jamais vu. Et puis, je n'arrive pas à croire que tu aies osé reparler de notre combat au gymnase!

— Ça m'a échappé! Tu ne vas pas en faire un plat!

— Mais enfin, ce type m'a écrabouillée, non? hurla Liz.

Elle n'arrivait plus à se maîtriser.

— La prochaine fois que tu veux faire ta belle devant Matt, tu n'es pas obligée de me faire passer pour une idiote!

Lucy répondit par un clin d'œil.

— Écoute, qu'est-ce qui te gêne à ce point? Ne me dis pas que tu es jalouse de Matt…

C'en était trop! Liz était sur le point d'exploser, quand Kim surgit derrière elles.

— Qu'est-ce qui se passe, les filles ? dit-elle. Je vous laisse seules cinq minutes et vous vous entretuez ?

Lucy lui raconta ce qui venait de se produire, mais Liz n'avait plus envie de discuter. Il y avait quelque chose en Sasha qui ne lui plaisait pas instinctivement, et cela n'avait rien à voir avec de la jalousie ou de la rivalité sportive. Même la façon dont il l'avait battue la laissait perplexe. Plus elle y pensait, plus cela lui semblait... surnaturel.

Depuis qu'un émissaire d'Arès les avait attaquées par surprise en se faisant passer pour une humaine normale, sans pouvoirs, Liz s'était promis de se méfier des nouvelles têtes.

Surtout si ces têtes affichaient un sourire irritant...

Des coquelicots

C'était encore arrivé. Elle avait vu une gigantesque porte d'ivoire. Fermée.

Et une créature avec de grandes ailes noires qui essayait de prendre son envol.

Et puis des coquelicots, un immense champ de coquelicots…

— Morphée… murmura Kim en ouvrant brusquement les yeux.

Elle se retrouva assise sur son lit, en nage. Elle regarda l'heure. Son réveil n'avait pas encore sonné, dehors c'était à peine l'aube.

Encore ce même rêve, pour la troisième fois en quelques jours. Kim se leva pour aller chercher son portable.

Elle avait fait un rêve très semblable juste avant que Jared ne prenne contact avec elle la première fois. Et, depuis qu'il lui avait parlé, elle avait passé des heures à fixer l'écran de son portable Mercure 3 000 dans l'espoir de le revoir. Mais il n'avait jamais refait signe. C'était comme s'il n'avait jamais existé.

Kim espérait que ce nouveau rêve était une tentative de Jared pour communiquer avec elle. Le cœur battant, elle sortit son portable de son sac. Déception : son Mercure ne signalait aucun appel.

Elle retourna au lit en pensant à son rêve : contrairement à la première fois où elle avait rêvé de cet endroit, Morphée ne volait pas. Et elle se réveillait systématiquement angoissée. Ce ne pouvait pas être un hasard.

Cela devait vouloir dire quelque chose.

— Kim ? dit une voix.

La jeune fille sursauta. Elle s'était rendormie. Son frère se tenait à l'entrée de sa chambre, vêtu d'un pyjama bleu ciel orné de petits nounours.

— Salut, Yong... murmura Kim en revenant à la réalité.

— Ton réveil n'a pas sonné, dit-il en bâillant. Maman m'a dit de venir te chercher.

Le pouvoir des rêves

Kim jeta un rapide coup d'œil à son réveil. Elle était vraiment en retard !

— Merci, répondit-elle en s'étirant. Je me lève tout de suite.

— Petite sœur chérie, dit Yong, tu peux me prêter ton dictionnaire ? Je te le rends cet après-midi.

— Vas-y, prends-le, il est sur la table. Mais ramène-le-moi, je m'en sers moi aussi.

Yong entra pour prendre le livre.

— Au fait, je voulais te dire, ajouta Kim, à propos de ce travail que maman m'a confié au magasin…

— Oui… ? répondit son frère en essayant aussitôt de battre en retraite vers la porte. Désolé, mais je ne peux vraiment pas t'aider… Je repeins déjà la boutique avec papa, j'ai un tas de devoirs, et je dois finir un jeu vidéo. Et puis, dimanche, j'ai mon match… Bon, heu… Je t'attends à la cuisine, le petit déjeuner est prêt, salut !

Parti. Tant pis, elle avait au moins essayé de se faire aider. D'ailleurs, elle n'espérait pas grand-chose. Tout comme elle ne comptait pas trop revoir son dictionnaire. Son frère était terrible. Il savait très bien qu'elle tenait à ses livres et que la moindre pliure, le moindre trait de crayon lui fendait le cœur. Et pourtant, à chaque fois elle était obligée d'aller reprendre ses livres elle-même par la force et ils étaient à chaque fois cornés ou défigurés par quelque dessin stupide. Yong était incorrigible. « Les frères sont de vraies plaies, pensa Kim. Lucy a raison. »

Elle arriva pieds nus dans la cuisine.

— Bonjour à tous, dit-elle en entrant.

— Bonjour, Kim.

Son père était assis, frais et reposé, devant une tasse de café. Il tripotait un étrange animal en plastique. Une espèce de fourmilier. Yong, lui, feuilletait une BD en mordant dans sa brioche chaque fois qu'il tournait une page.

— Tes chaussons, Kim! Combien de fois faudra-t-il que je te répète de ne pas marcher pieds nus? attaqua tout de suite sa mère, debout devant la cuisinière.

— Ils étaient sous mon lit, 'man...

Kim s'installa à table et se prépara un grand bol de lait chaud surmonté d'une montagne de céréales au chocolat.

Son père appuya sur le bouton du fourmilier et se mit à aspirer les miettes sur la table.

— Qu'est-ce que tu en dis, Kim?

— Il est magnifique, papa! s'exclama-t-elle, sincèrement enthousiaste. Où l'as-tu trouvé?

Le pouvoir des rêves

— Il était dans la réserve, répondit-il. Je l'ai acheté il y a quelques années à un vendeur ambulant. Il paraît que l'usine qui les fabriquait en avait produit très peu et qu'elle a fermé depuis.

— Va savoir pourquoi, ironisa Hana Song.

Même lorsqu'elle était occupée à faire autre chose, elle écoutait toujours plus ou moins les conversations.

Son mari ignora sa remarque.

— J'ai payé ce truc un peu cher, mais ça en valait la peine !

— As-tu jamais acheté quelque chose qui valait plus du dixième de son prix ? lança sa femme avec ironie. Encore une breloque dont il faudra se débarrasser !

Kim se mit à rire en voyant l'expression exaspérée de son père.

— Tout va bien à l'école ? lui demanda-t-il en éteignant son drôle d'appareil.

— Pourquoi ? répondit Kim, sur la défensive. Quelqu'un t'a parlé de l'école ?

— Je n'ai pas besoin d'en parler à quelqu'un pour sentir si quelque chose ne va pas, répondit son père. Il me suffit de regarder le visage de ma fille.

Lee Song était ainsi : capable de retourner quelque chose toute une semaine dans sa tête, pour finalement poser une question aussi directe qu'inattendue.

— J'ai eu un petit problème en littérature, admit Kim.

Elle ne pouvait évidemment pas expliquer la vraie raison de ses tourments.

— Mais je le réglerai très bientôt.

— Un accident de parcours, ça arrive à tout le monde. Cela ne vaut pas la peine d'en perdre le sourire.

— Ne t'inquiète pas, tout va bien, le rassura Kim.

Pour son père, bien travailler à l'école était un devoir et une source de fierté, mais cela ne devait pas devenir une obsession.

— Tant mieux.

M. Song avala sa dernière gorgée de café et se leva en emportant son fourmilier ramasse-miettes.

— Et maintenant, au travail ! dit-il. Un magnifique mur à peindre nous attend, Yong. Tu viens ?

— Maman, je voulais te parler d'une chose, dit Kim, une fois seule avec sa mère.

Mme Song finit de rincer les bols et se tourna vers sa fille, l'air interrogateur.

— J'ai essayé plusieurs fois d'entrer dans la réserve,

mais papa est toujours derrière mon dos. Il est comme un enfant à qui on veut enlever ses jouets, continua Kim. Dès que je touche à quelque chose, il essaie de m'apitoyer, comme tout à l'heure avec son espèce de fourmilier.

Hana Song se mit à rire.

— Et je parie qu'il y arrive. Ce n'est pas pour rien que cette maison est pleine de gadgets insensés !

Kim rit avec elle. C'était vrai, certains objets étaient si bizarres qu'elle les cachait dans sa chambre pour le plaisir de les regarder.

— En tout cas, ne te laisse pas attendrir, poursuivit Hana Song. Ton père ne se rappelle pas lui-même où et quand il a acheté tout ce fatras ni à quoi il sert !

— Okay, dit Kim. Mais, avec lui dans les parages, je n'arrive à rien. Un de ces jours, tu devrais l'emmener faire un tour pendant deux ou trois heures. Je t'en prie… Comme ça, j'arriverai peut-être à travailler en paix. D'ailleurs, Liz et Lucy ont proposé de m'aider, ça pourrait être amusant.

— Peut-être… On verra, répondit sa mère en retournant à sa vaisselle. Maintenant, file à l'école, tu es déjà en retard.

Kim la remercia et courut se préparer dans sa chambre.

Les Filles de l'Olympe

Elle était contente : avec sa mère, « peut-être » était souvent synonyme de « oui ». Et puis, elle avait pris une décision : les rêves de ces dernières nuits avaient sûrement une signification. Elle ne pouvait plus les garder pour elle. Le moment était venu d'en parler à ses amies.

Bonbons et grenouille

Lucy arriva en retard au Bazar des Rêves.

— Kim et Liz t'attendent par là, dans la réserve, lui dit M. Song, en continuant à déplacer des cartons.

Lucy le remercia et passa dans l'arrière-boutique, où une porte donnait sur la cour intérieure. La réserve se trouvait sur le côté.

— Déjà ? Comment est-ce possible ? demanda Liz, moqueuse, en la voyant entrer. Nous t'attendons depuis à peine une demi-heure…

— Tu exagères, j'ai seulement cinq minutes de retard, se défendit Lucy. J'espère que tu ne fais pas encore la tête à cause d'hier, au moins !

Liz secoua la tête. C'était oublié.

— En tout cas, pour me faire pardonner et vu que nous avons de quoi faire ici, poursuivit Lucy, voilà des provisions pour les prochaines heures !

Et elle posa sur une petite table un sac plein de sucreries et de boissons en tout genre.

— Pardon accordé, Père Noël, dit Liz en y jetant un regard gourmand.

— Et ce n'est pas tout, ajouta Lucy en brandissant un CD tout neuf.

— Wouah ! Le dernier disque des Restless Ducks ! On n'a qu'à le mettre : personne ne pourra espionner notre réunion secrète.

— Alors là, tu es vraiment pardonnée ! fit Kim. J'adore les Restless !

— Moi aussi... Ils sont parfaits pour soigner les problèmes d'insomnie ! se moqua Liz.

Lucy fit semblant de ne pas avoir entendu. Elles n'avaient pas les mêmes goûts musicaux, c'était certain. Elle glissa le CD dans la portière d'un petit camion de pompiers qui était en réalité une chaîne hi-fi portable, l'une des nombreuses merveilles de M. Song. Elle appuya sur « Play » et poussa le volume. Le son des guitares acoustiques emplit le magasin. Pendant ce temps, Kim avait étalé du papier journal sur le sol. Lucy y déposa les friandises, puis les trois filles s'assirent autour, les jambes croisées. « Un vrai complot ! » pensa Lucy.

— Pour commencer, dit Kim, je dois vous dire que j'ai été frappée par ce qui s'est passé avec ton frère, Lucy.

— Moi, j'ai fait tout mon possible pour oublier cet épisode... et oublier aussi que j'ai le malheur d'avoir un frère, soupira Lucy.

— Si je comprends bien, tu as battu des cils comme d'habitude, poursuivit Kim, mais l'effet a été différent, plus puissant et prolongé. Si tu n'avais pas annulé ton premier « ordre » – appelons-le ainsi –, qui sait combien de temps cela aurait duré ?

— Je regrette tout ça d'autant plus que Guillaume est encore plus casse-pieds qu'avant, l'interrompit encore Lucy.

— Ce qui s'est passé ne peut vouloir dire qu'une chose... poursuivit Kim en ignorant ses interruptions. Ton pouvoir est en train de devenir plus fort. Et peut-être que cela va nous arriver à nous aussi, Liz. Peut-être que c'était seulement un premier signe.

Liz ne dit rien, mais elle semblait impatiente d'entendre la suite.

— Et, là, j'arrive à une première conclusion, dit encore Kim. Il nous est arrivé ce que nous savons, puis nous avons repris notre petite vie habituelle : maison, lycée, sorties... Liz à son escrime, moi à mes livres et Lucy...

— ... aux garçons, tu peux le dire ! acheva Lucy en riant.

— En tout cas, plus le temps passe, plus cette histoire de déesses me semble irréelle, presque comme si on avait eu une hallucination collective. J'imagine que c'est la même chose pour vous.

Lucy ne pouvait le nier. Cette bouleversante révélation à propos de leur passé avait fait vaciller tout son monde. Et, même après avoir accepté la vérité, elle avait utilisé ses pouvoirs sans trop y penser, en évitant soigneusement de réfléchir à leur aventure sur l'Olympe.

— Tout ce que nous avons fait depuis, c'est utiliser nos pouvoirs lorsqu'ils pouvaient nous tirer d'affaire. Nous n'avons pas essayé d'en savoir davantage et, selon moi, c'est une grosse erreur. Ces pouvoirs étaient en nous, mais en réalité ils étaient nouveaux. Nous aurions dû apprendre à les contrôler, au lieu de les considérer comme donnés. Et maintenant, si ça se trouve, ils risquent de nous échapper.

— Tu es en train de dire que je ne pourrai plus m'en servir à la maison ou à l'école ? demanda Lucy, paniquée.

Le pouvoir des rêves

— Je suis en train de dire que nous devons faire attention, répondit Kim. Et je ne vous ai pas encore révélé la chose la plus importante…

La jeune fille leur raconta son rêve à répétition des dernières nuits : la porte d'ivoire, les coquelicots. Et le dieu Morphée, qui essayait de voler.

— Qu'est-ce qu'il faut comprendre ? demanda Liz.

— La première fois que j'ai fait ce rêve, la porte d'ivoire s'ouvrait et la créature ailée prenait son envol, mais plus la dernière fois, expliqua Kim. Pour moi, c'est un appel à l'aide.

Lucy la regarda attentivement. Elle était convaincue que son amie ne leur disait toujours pas tout. Il manquait un détail à son récit. Ou plutôt un nom.

— C'est pour cela que je l'ai rattaché à l'épisode de Guillaume, conclut Kim en évitant le regard inquisiteur de Lucy. Ce sont des signaux. L'Olympe a besoin de nous.

— D'après toi, il faudrait retourner là-bas, donner quelques bonnes paires de claques à Arès et le mettre au coin, c'est ça ? demanda Lucy. Mais, à moins que Jared ne nous recontacte, nous ne pouvons rien faire, pour la simple raison que nous ne *savons pas* quoi faire.

Lucy avait volontairement insisté en prononçant le

nom de Jared, et elle avait remarqué que Kim baissait la tête. Mais ce fut Liz qui prit la parole.

— Avant de quitter l'Olympe, Kim a dit que nous n'abandonnerions pas ce que nous y avons laissé. Mais c'est ce que nous avons fait.

— On aurait dû faire quoi ? insista Lucy.

— Je ne sais pas ! explosa Liz. Mais le rêve de Kim semble nous avertir d'un danger, et je crois même savoir de quoi il s'agit !

Lucy et Kim se regardèrent, interloquées. Qu'est-ce que Liz allait donc leur révéler ?

— Tu sais de quoi il s'agit ? fit Kim.

— Pas de quoi, mais de *qui*. Bien sûr ! C'est Sasha !

Cette fois, Lucy et Kim éclatèrent de rire.

— Il n'y a pas de quoi rire, fit Liz, vexée. Ce garçon débarque de nulle part et, dès qu'il met le pied sur la piste d'escrime, il réussit à me battre à plate couture. Inutile de vous moquer, je sais reconnaître que quelqu'un est simplement plus fort que moi. Mais lui, il est différent… comme surhumain… Et puis, il ne perd pas une occasion de monter Matt contre moi…

— Tu as toujours dit que Matt était un grand frère pour toi, l'interrompit Kim d'un air innocent. Tu ne vas pas brusquement devenir jalouse !

— Mais la jalousie n'a rien à voir là-dedans! s'emporta Liz. Occupe-toi plutôt de ton Jared!

Kim rougit brusquement.

— Je ne vois vraiment pas le rapport, dit-elle, glaciale. Tu ferais mieux de ne pas parler de ce que tu ne connais pas.

Liz ouvrit de grands yeux et resta muette. Elle ne s'attendait apparemment pas à une réaction pareille. Mais Kim lui présenta immédiatement ses excuses. Des trois amies, c'était elle qui vivait le plus mal leurs disputes.

— En tout cas, tu te trompes complètement, Liz. Sasha est un garçon tout à fait normal.

— Pensez ce que vous voulez, rétorqua la jeune fille, toujours aussi obstinée, mais personne ne m'ôtera de la tête que Mister Sourire-en-Coin essaie de nous monter les unes contre les autres. Vous avez déjà oublié Mégane? C'était une émissaire d'Arès, et pourtant elle avait l'air d'une fille ordinaire.

— Pas exactement, observa Kim. Son regard faisait peur.

— Sasha te ferait peur lui aussi s'il te regardait comme il m'a regardée.

Elles se turent au moment même d'un changement de morceau sur le CD. Puis la musique reprit.

— Et l'anneau d'Héphaïstos que nous avons pris à Mégane ? demanda Lucy.

— Il est toujours ici, dans la réserve, répondit Kim.

— Je voudrais y jeter un coup d'œil, dit Liz. Qui sait, peut-être que nous comprendrons à quoi il peut bien servir.

— Et ensuite nous le ferons disparaître de la circulation, avant que mon père ne le trouve et qu'il décide qu'il lui plaît, ajouta Kim.

Sans enthousiasme, Lucy suivit Kim et Liz dans le labyrinthe de rayonnages croulant sous les objets de M. Song. Elle trébucha sur une petite vache dorée coiffée d'une couronne de laurier et poursuivit en faisant du slalom entre les cartons. Il y en avait tellement partout que, pour passer, il fallait parfois escalader. Kim déplaça plusieurs cartons sur une étagère et saisit une boîte à bijoux en forme de grenouille.

— Voilà notre coffre-fort ! s'exclama-t-elle.

— Allez, ouvre, dit Liz, impatiente.

Kim souleva la tête de la grenouille. À l'intérieur se trouvait l'anneau d'Héphaïstos avec sa cornaline rouge.

— Vous voyez, il y est toujours, dit Lucy.

— Oui, commenta Kim.

Mais ni elle ni Liz ne souhaitaient y toucher.

Liz s'approcha finalement.

— Quelle histoire ! soupira-t-elle en saisissant l'anneau avec deux doigts.

Lucy observait de plus près la pierre rouge.

— Quels étranges reflets…

Soudain, la pierre émit une forte lueur et s'alluma. Les trois filles bondirent en arrière tandis que Liz rejetait l'anneau à l'intérieur de la boîte à bijoux.

À ce moment précis, une voix se fit entendre dans leur dos.

— Mais qu'est-ce que vous fabriquez ?

Sixième sens

— Maman! s'exclama Kim en se retournant d'un coup. Avec la musique, on ne t'avait pas entendue arriver!

Liz referma discrètement le couvercle de la boîte en forme de grenouille, et les trois filles s'alignèrent de façon à cacher l'anneau. Pour attirer l'attention, c'était très réussi!

— J'ai dit : qu'est-ce que vous fabriquez ? répéta Hana Song en les dévisageant d'un air inquisiteur.

— Rien, maman, répondit Kim d'une voix innocente. Nous étions en train de regarder les drôles de trucs de papa.

Le pouvoir des rêves

— Je suis heureuse que vous vous amusiez. Et quand pensez-vous commencer à mettre de l'ordre ?

— Maintenant !

— Tout de suite !

— Immédiatement !

Leurs réponses en chœur avaient vraiment l'air artificielles.

— Tu voulais quelque chose ? demanda Kim pour se tirer d'embarras.

— Je voulais juste te dire que, dimanche, ton père et moi assisterons à un salon en dehors de la ville, répondit sa mère. Vous aurez le champ libre toute la journée.

— Merci, maman ! Comme ça, tout sera plus facile…

— Et puis, tant que vous êtes là, ajouta Mme Song, j'ai une proposition à vous faire.

Liz et ses amies devinrent aussitôt méfiantes. À chaque fois que Kim avait accepté une proposition de sa mère, cela s'était mal terminé.

— Si vous arrivez à tout trier dans les délais prévus, vous pourrez organiser une petite brocante pour vendre la marchandise en trop. Le bénéfice sera pour vous, et je m'engage à vous fournir les étalages le jour de l'inauguration. Qu'en dites-vous ?

— Pas mal ! s'exclama Lucy.

— Elle rêve déjà à la journée de shopping qu'elle va s'offrir avec l'argent… murmura Kim à Liz.

— Vous gérerez votre brocante toutes seules. Je suis sûre qu'à vous trois vous vous en sortirez très bien.

Puis Mme Song demanda à sa fille de venir un moment dans la boutique, et Liz et Lucy restèrent seules.

— On en profite pour jeter un coup d'œil ? proposa Liz en désignant le coffre-fort grenouille.

— Et si la pierre se remet à briller ? objecta Lucy, qui n'aimait pas défier ce qu'elle ne comprenait pas.

Liz souleva le couvercle. Pas la moindre lueur.

— Qu'est-ce qui a bien pu se passer tout à l'heure ? demanda Liz. C'est comme si la cornaline s'était activée lorsque nous l'avons touchée…

— On verra avec Kim, coupa Lucy, méfiante. Pour l'instant, mieux vaut la laisser où elle est.

— Au fait, qu'est-ce qu'elle a ces jours-ci, Kim, à ton avis ? demanda Liz en refermant la boîte à bijoux.

— Ben, je dois dire que parfois tu es aussi délicate qu'un éléphant dans un magasin de porcelaine !

— J'ai seulement fait une plaisanterie à propos de Jared. D'ailleurs, c'est elle qui avait commencé.

— Tu ne pouvais pas choisir pire sujet, fit remarquer Lucy.

— Mais elle ne prononce jamais son nom ! répliqua Liz, qui tombait des nues.

— Eh bien, je peux te dire qu'elle n'a jamais cessé de penser à lui. C'est aussi pour ça que je suis contente de pouvoir l'aider ici, au magasin. Peut-être qu'au bout d'un moment elle se décidera à en parler. Fais-moi confiance, j'ai un sixième sens pour ces choses-là.

— Ne me dis pas que Kim… est amoureuse de Jared ?

Lucy hocha la tête.

— Crois-moi, Liz. Tu passes trop de temps au gymnase…

***

Amoureuse ? Oui.

Kim interrompit la lecture de son livre d'histoire et regarda par la fenêtre de sa chambre. Il pleuvait légèrement.

« Jared, où es-tu ? »

Le visage du jeune garçon était gravé dans son esprit. Elle croyait le voir sans cesse ; elle pensait à lui chaque jour, à chaque heure, à chaque instant.

Et ne plus avoir de nouvelles de lui l'inquiétait d'autant plus que ses rêves étaient remplis d'obscurs présages.

Elle regarda une énième fois son mobile Mercure 3 000, qui demeurait muet.

Kim était de plus en plus convaincue que c'était le dieu Morphée lui-même qui lui envoyait ces rêves. Comme elle était convaincue que Morphée et Jared n'étaient qu'une seule et même personne. Mais ne pas pouvoir vérifier ses hypothèses la rendait au mieux nerveuse, au pire terriblement triste.

Soudain, elle ressentit une légère brûlure près de l'oreille. L'améthyste de sa boucle d'oreille était chaude !

Un grand bruit qui semblait venir du débarras la fit sursauter.

En allant voir, elle trouva son frère en train de ranger une pile de boîtes à chaussures qui lui étaient tombées dessus.

— Yong, qu'est-ce que tu fais dans le débarras ?

— Euh, moi ? répondit-il d'un air coupable. J'étais en train de chercher quelque chose.

Dans le noir ?

Kim alluma la lumière, et son frère, aveuglé, battit des paupières.

— Je te conseille de ranger tout ça avant que maman ne rentre du magasin.

— Oui, oui, tout de suite, bredouilla le jeune garçon en se remettant à ramasser les boîtes.

— À propos du dictionnaire que tu m'as demandé... ajouta Kim avant de s'en aller.

— Oui, oui, je viens le chercher tout à l'heure, la coupa-t-il en continuant à s'activer.

— Comment ça, le chercher ! Yong, tu l'as pris ce matin. Ne me dis pas que tu l'as laissé à l'école !

— Non, non. Je te le rendrai plus tard.

— Il vaut mieux que j'aille le chercher moi-même. Je te connais trop bien.

Kim s'éloigna en secouant la tête. En général, elle passait pour quelqu'un de bizarre, mais son frère n'avait vraiment rien à lui envier. Il devait y avoir quelque chose qui clochait dans l'ADN familial.

Elle passa par la chambre de Yong pour récupérer le dictionnaire, puis retourna préparer son interrogation du lendemain. Mais se concentrer sur ses leçons était vraiment difficile. Dès qu'elle se penchait sur ses livres, les lignes s'effaçaient comme par magie et un visage se dessinait sur la page...

« Jared, où es-tu ? »

Exil éternel

Jared pensait à Kim. Constamment. C'est dans le visage de Kim qu'il puisait la force de résister. À ce visage qu'il confiait tous ses espoirs.

L'espoir était d'ailleurs tout ce qui lui restait. Car, désormais, son corps était de pierre. Arès, le seigneur de la Guerre, l'avait transformé en statue.

Il pensa à la dernière fois qu'il avait vu Athéna, alors qu'il était encore le dieu Morphée. Il pensa au jour où elle avait bu l'ambroisie pour renaître comme mortelle sur la Terre. Et à la douleur qu'il avait éprouvée en se séparant d'elle. À la demande d'Athéna, il était resté sur l'Olympe pour combattre Arès, garder la mémoire des déesses et préparer leur retour. Mais quelqu'un avait dû le trahir et le seigneur de la Guerre l'avait capturé. Pour éviter que celui-ci ne s'empare de son pouvoir sur les rêves, Morphée avait bu lui aussi l'ambroisie. En espérant renaître près d'Athéna. Mais Arès l'avait intercepté : il l'avait enfermé sur l'Olympe, lui avait interdit d'oublier et l'avait torturé pour connaître la vérité sur les trois fugitives.

Jared se remémora toutes les tortures que son amour pour Athéna lui avait permis de supporter. Et tous les efforts qu'il avait faits pour entrer en contact avec elle.

Le seigneur de la Guerre avait retrouvé ses ennemies peu de temps après lui. Jared se souvint de la joie qu'il avait ressentie lorsqu'il avait enfin réussi à communiquer avec Kim, Liz et Lucy, et qu'il les avait aidées à se souvenir de leur identité passée. Il avait revu Athéna dans son nouveau corps de mortelle. Le visage de Kim, ses incroyables yeux bleus, son regard pénétrant et profond, qui n'avait pas changé depuis l'époque où elle était Athéna, lui avaient coupé le souffle. En regardant Kim, Morphée avait senti que leur amour avait traversé le temps sans s'éteindre.

Mais, à présent, Arès n'avait plus besoin de lui. Le seigneur de la Guerre avait tenté de lui arracher son pouvoir sur les rêves pour tourmenter le sommeil de ses ennemies avec d'horribles cauchemars. Et, pour éviter que son pouvoir ne tombe aux mains du dieu malveillant, Jared avait préféré y renoncer.

Pourtant, il n'était pas inquiet de son propre sort. La seule chose qui l'affligeait, c'était de savoir que le danger pesait toujours sur Kim. Et sur Liz et Lucy. Pour les capturer, Arès n'hésiterait pas à déchaîner contre elles les créatures les plus maléfiques. Et il ne renoncerait jamais.

Mais, maintenant, Jared ne pouvait plus rien faire pour les aider. Sans son pouvoir, il n'était plus capable de communiquer avec Kim.

Enfermé comme il l'était dans un corps de pierre, il n'y avait plus qu'une seule chose qu'il pouvait faire pour se sentir vivant.

Penser à Kim.

Bas les masques

À ton interrogation d'histoire, Kim! s'exclama Lucy. Le professeur Kowalasky était au septième ciel!

— Buvons à sa santé! répondit Kim avec un sourire, en cognant sa canette contre celle de Lucy. Je n'en espérais pas tant. Ça compense un peu mon désastre en littérature.

— Eh oui! Malheureusement, le Vautour a encore frappé... dit Lucy.

En effet, Mme Collins leur avait rendu leurs copies corrigées. Comme prévu, celle de Kim portait une note catastrophique, assortie d'un commentaire cinglant: «Plus que médiocre.»

— Cette fois je l'ai cherché, reconnut Kim. Mais je trouverai un moyen de me rattraper.

Comme toujours pendant la pause, les distributeurs automatiques étaient pris d'assaut par une foule d'élèves. Lucy et Kim s'installèrent dans un coin à l'écart pour être plus tranquilles.

— Alors, tu as repensé à ce que nous nous sommes dit ? demanda Kim. Tu crois que je me fais des idées ?

— Kim, tu ne te fais jamais d'idées, répondit Lucy. Mais j'ai l'impression qu'il y a quelque chose que tu ne veux pas…

Mais elles furent interrompues.

— Ah, vous voilà enfin, les filles !

C'était Liz. Les yeux exorbités.

— Il faut que je vous parle.

— Salut, Liz ! dit Lucy. Tu veux un soda ?

— Non merci. J'ai un truc urgent à vous dire.

— Qu'est-ce qui se passe ? lui demanda Kim, inquiète. Tu as l'air bouleversée.

— Je n'ai pas fermé l'œil de la nuit.

— Que t'est-il arrivé ? demanda Lucy en redoutant déjà sa réponse.

— C'est à force de penser à Sasha, répondit Liz. À présent, je suis sûre qu'il est un danger pour nous.

Lucy leva les yeux au ciel.

— C'est une manie ou tu es seulement en train de tomber amoureuse de lui ? explosa-t-elle.

— Écoutez, j'ai ajouté un nouveau morceau au puzzle, répliqua Liz.

Elle baissa la voix – précaution totalement inutile au milieu du vacarme ambiant – et ajouta :

— Lorsque nous les avons rencontrés au centre commercial, Sasha et Matt ne s'y trouvaient pas par hasard. Si tu te souviens bien, Lucy, tout ce qu'a dit Sasha était destiné à me fâcher avec toi. Il essaie de nous diviser !

— Tu ne te débrouilles pas mal non plus pour gâcher l'ambiance, observa froidement Kim. Nous étions en train de fêter mon interro…

— Ah oui ? Bravo… N'empêche que Sasha n'est pas un garçon comme nous ! continua Liz, imperturbable.

Elle s'arrêta tout de même quelques secondes pour réfléchir à ce qu'elle venait de dire.

— Enfin, ce n'est pas qu'il n'est pas comme nous, ça, c'est évident, il n'est pas une déesse.

— Tu t'enlises, souligna Lucy sur un ton de provocation.

Liz poursuivit comme si elle ne l'avait même pas entendue.

— Ce que je veux dire, c'est que ce n'est pas un garçon *normal*. C'est un émissaire d'Arès. C'est évident !

— Ce qui est évident, c'est que tu es vraiment têtue, rétorqua Lucy, qui commençait à s'échauffer. Tu n'as aucune preuve de ce que tu dis.

— Au cas où vous ne l'auriez pas compris, j'essaie juste de vous protéger ! insista Liz avec une conviction inébranlable. Si on découvrait que Sasha n'habite nulle part, tu changerais d'avis ?

— Et s'il habitait… je ne sais pas, moi… au zoo ? répondit Kim sur un ton railleur.

— Liz, d'après moi, tu as complètement disjoncté, renchérit Lucy.

— Qui a disjoncté ? demanda Matt, qui arrivait justement derrière Liz, avec son sourire habituel.

— Elle, répondit Lucy de sa voix la plus suave, en indiquant Liz. Elle ne peut vraiment pas encadrer ton ami Sasha.

Elle avait à peine parlé qu'elle se mordit la langue. Ce n'était pas ce qu'elle voulait dire, mais les paroles étaient sorties toutes seules de sa bouche.

— Tu lui en veux toujours parce qu'il t'a battue ?

Le sourire de Matt s'était évanoui.

— Sérieusement, Liz, je ne te comprends plus…

Sur ces mots, il se retourna et s'éloigna, l'air sombre. Liz était restée de marbre. Elle partit elle aussi sans un mot.

— Lucy, tu aurais pu éviter de dire ça, commenta Kim.

— Oh, mais tu vas arrêter, toi aussi, éclata la jeune fille. Je ne vais tout de même pas te demander l'autorisation à chaque fois que je veux ouvrir la bouche !

— Quoi ? Je rêve ? Va te faire voir, à la fin... répondit Kim, le menton tremblant.

Puis elle tourna les talons et se dirigea vers la classe.

Lucy s'en voulut aussitôt d'avoir réagi ainsi. Cinq minutes plus tôt, elles étaient encore en train de discuter, de plaisanter, et maintenant elles s'étaient disputées et se tournaient le dos... Mais que leur arrivait-il donc ? Qu'est-ce qui leur arrivait à tous ?

Elle regarda par la fenêtre.

Sasha attendait au feu rouge.

Un simple garçon maigrelet avec des cheveux roux. Mais qu'est-ce que Liz lui trouvait donc de si dangereux ?

***

Liz attacha sa bicyclette à un réverbère. La maison où Sasha était entré se trouvait au fond d'une rue plantée d'arbres. Bon… Il avait donc bien une maison. Mais cela ne suffisait pas à la faire changer d'avis sur son compte. Elle était sortie en avance du gymnase, et elle l'avait attendu cachée derrière les poubelles, à côté de trois chats qui se disputaient les détritus. Ensuite, elle avait suivi son bus jusqu'à ce quartier de banlieue. Elle était en nage.

Liz s'approcha du petit portail. Aucun nom ne figurait sur la boîte aux lettres. Elle tenta d'apercevoir l'intérieur de la maison, mais elle ne vit rien. Elle était trop loin. Elle décida d'entrer. Elle enjamba la haie, courut jusqu'à la maison et s'aplatit contre le mur extérieur en tendant le cou vers la fenêtre la plus proche.

— Tu as besoin d'une échelle ? demanda une voix derrière elle.

— Hum… bredouilla-t-elle. Sasha ! Justement, je te cherchais !

— Tu m'as trouvé, dit-il, l'air amusé, avec son fameux petit sourire énervant. Qu'est-ce que tu veux ?

Liz n'avait prévu aucun prétexte, et elle regretta que Lucy, toujours si imaginative, ne soit pas là. En regardant

Le pouvoir des rêves

le visage de Mister Sourire-en-Coin, la seule chose qui lui venait à l'esprit était l'envie de lui casser la figure.

— Tu étais en train de m'espionner, avoue! siffla le jeune garçon. Je peux savoir ce que tu cherches?

— Ce n'est pas tout à fait ça, répliqua Liz en essayant de se contrôler.

Il la provoqua.

— Matt a raison, tu ne supportes pas que quelqu'un soit plus fort que toi.

Cette fois, Liz dut vraiment se retenir de lui sauter dessus.

— La dernière fois, tu m'as eue par surprise, dit-elle. Ça n'arrivera plus.

— Tu peux prendre ta revanche quand tu veux, répondit Sasha. Même maintenant, si ça te fait plaisir.

— Je suis prête, le défia Liz.

— Dans ce cas, allons-y, conclut Sasha en lui faisant signe de le suivre.

Ils marchèrent jusqu'au jardin, derrière la maison. Le jeune garçon attrapa deux bâtons et lui en lança un.

— C'est un peu plus lourd que des sabres... dit-il en faisant tourner le sien dans sa main. Mais si tu ne le sens pas..

— J'ai dit quelque chose ? répliqua Liz en esquissant quelques fentes pour s'échauffer.

Bien au contraire, le poids des bâtons lui paraissait idéal. Ils semblaient faits pour le combat.

— Pour moi, c'est okay.

— Le premier touché a perdu, ça te va ?

— Parfait.

Ils se mirent en garde. Liz était très réactive. Elle sentait brûler dans son corps un feu si puissant qu'elle était certaine de pouvoir battre Sasha. Il s'élança vers elle. Elle para son coup en reculant. S'il croyait pouvoir la prendre par surprise une seconde fois, il se trompait. Ils échangèrent encore quelques coups. Les bâtons sifflaient dans l'air, leurs claquements résonnaient dans le jardin.

— Tu es essoufflée, la taquina-t-il. Tu peux encore te retirer, tu sais. Lucy et Matt le comprendraient…

Liz se jeta en avant. Chaque fois que Sasha parlait, c'était comme s'il attisait le feu qui brûlait en elle. Elle exécuta une fente exemplaire qui le mit en difficulté, mais il s'en tira avec style. C'était vraiment un adversaire impressionnant. Cependant, Liz avait l'impression qu'il ne combattait pas au maximum de ses capacités. Elle se demandait quand il se déciderait à recourir aux pouvoirs qu'il avait, elle en était certaine. C'était vraiment étrange qu'il les dissimule si longtemps. Elle décida de passer à la vitesse supérieure pour voir ce qui se passerait. Elle commença par quelques feintes, puis lui asséna un fendant qui trancha net son bâton.

— Je suis toujours en course, annonça Sasha en agitant le morceau de bois qui lui restait. Tu ne me battrais même pas si j'étais désarmé.

Liz se jeta à nouveau sur lui, avec une rage de plus en plus forte. C'était comme si une volonté indépendante de la sienne la forçait à attaquer encore et encore. Finalement, malgré son habileté, Sasha se retrouva dos au mur contre la maison.

Tout le contraire de ce que Liz espérait. Pourquoi ne se servait-il pas de ses maudits pouvoirs comme lors de leur premier duel? Tout à coup, le bras droit de Liz fut parcouru d'une secousse et ses muscles se tendirent comme des ressorts. Elle ne réfléchissait plus, elle savait seulement que son adversaire était à sa merci. Et que, si elle donnait libre cours à cette violence, elle était capable de l'anéantir.

— Tu cherches à nous monter les unes contre les autres, mes amies et moi! hurla-t-elle malgré elle, sans songer à ce qu'elle disait. Je sais qui t'a envoyé! Je le sais depuis le premier instant!

Et, toujours sans le vouloir, elle lui décocha un coup fulgurant.

Sasha l'esquiva in extremis et Liz se retrouva le bras enfoncé jusqu'au coude dans la porte qui se trouvait derrière lui. Elle avait traversé une planche de bois épaisse de cinq centimètres comme si cela avait été une simple feuille de papier!

Elle retira son bras du trou et se prépara à attaquer à nouveau…

— Liz, pose tout de suite ce bâton! entendit-elle hurler.

Lucy venait vers elle en courant. Suivie de Matt.

Liz baissa son arme improvisée. Au même moment, elle se sentit étrangement sonnée, comme si un coup l'avait envoyée au tapis. Sauf qu'elle n'avait reçu aucun coup.

— Mais qu'est-ce que vous avez dans la tête, tous les deux? demanda Lucy, épouvantée. Vous allez bien?

— Heureusement que vous êtes arrivés! dit Sasha, plus essoufflé qu'il ne l'était trente secondes plus tôt. Cette folle voulait me réduire en miettes!

— Tu as bien fait de nous appeler, Sasha, dit Matt sans même regarder Liz.

— Dans l'autobus, je me suis rendu compte qu'elle

me suivait et je me suis inquiété, confirma Sasha. Tu avais raison, Matt ! Elle en a vraiment après moi.

— C'est lui qui a commencé… murmura Liz, troublée.

— Allons-nous-en, lui glissa Lucy.

Elle se tourna vers Sasha.

— Je suis désolée pour ta porte. Mon amie a seulement perdu le contrôle… Mais toi aussi, tu ferais mieux d'éviter les duels à l'avenir. Si votre entraîneuse venait à l'apprendre, elle vous ferait bannir de tous les gymnases de la planète. Et au-delà.

— Elle a voulu se battre, mais ça n'arrivera plus, se justifia Sasha, l'air angélique. Je ne pensais pas qu'elle était sérieuse.

Liz se raidit de nouveau, mais Lucy lui passa un bras autour de la taille et l'entraîna vers le portail. Matt, lui, resta avec Sasha.

***

— Comment ça va, espèce de tête de mule ? demanda affectueusement Lucy à son amie tandis qu'elles s'éloignaient de la scène du combat.

— Je me sens complètement nulle, répondit Liz,

effondrée. J'étais tellement convaincue que Sasha… Je ne sais pas pourquoi, mais depuis que ce type a débarqué j'ai l'impression d'être devenue complètement hystérique. C'est comme s'il faisait sortir le pire de moi-même. Peut-être qu'il répand une espèce de fluide négatif…

— En tout cas, ce n'est pas parce que quelqu'un t'est antipathique que tu dois taper dessus à coups de bâton. Si tu ne l'as pas fait avec Kim et moi quand tu nous trouvais insupportables, tu peux bien résister avec les autres ! C'est celui-là, ton vélo ? Viens, on rentre chez nous.

Liz suivit son amie. Elle était vraiment désorientée : d'habitude, elle n'avait aucun mal à garder le contrôle d'elle-même.

— Comment se fait-il que tu sois là, toi aussi ? demanda-t-elle en y pensant subitement.

— C'est Matt qui m'a appelée après que Sasha l'a averti, et nous sommes venus ensemble sur son scooter, répondit Lucy. Ce matin, quand tu es partie sans un mot, j'étais loin de penser que tu t'apprêtais à faire une chose pareille.

— Je cherchais une preuve pour confirmer mes soupçons, grommela Liz.

— Et alors… ? demanda Lucy.

— Je ne l'ai pas trouvée. Heureusement que demain

nous devons aider Kim. J'ai vraiment besoin d'un après-midi tranquille entre amies.

— Nous en avons toutes besoin. Depuis la scène de ce matin, Kim ne m'adresse plus la parole. J'ai été méchante avec elle, et je me demande encore pourquoi. Peut-être que tu as raison, il doit y avoir quelque chose de négatif dans l'air.

Il leur fallut un temps fou pour regagner le centre de Rainbow Hill. Liz était trop fatiguée pour pédaler, et Lucy n'avait pas les jambes d'un cycliste professionnel. Pendant la plus grande partie du trajet, elles poussèrent leurs bicyclettes côte à côte. Quand elles furent arrivées devant chez Lucy, une série de bip-bip annonça l'arrivée de SMS.

— Attends, c'est le mien, dit Lucy en prenant son portable.

— Non, c'est le mien, dit Liz en tirant son téléphone de sa poche.

Les deux filles se regardèrent d'un air médusé. Le message était le même et venait de Kim :

COMME VOUS ÊTES INCAPABLES DE VOUS COMPORTER COMME DES PERSONNES NORMALES, JE PRÉFÈRE ME DÉBROUILLER TOUTE SEULE DEMAIN !

— C'est pas possible ! s'exclama Lucy.

— Je la rappelle, dit aussitôt Liz.

Elle composa le numéro de Kim, mais son portable était éteint. Elle essaya aussi sur son fixe, mais Yong lui répondit que sa sœur ne voulait pas leur parler.

— Alors elle ne plaisantait pas, elle veut vraiment travailler toute seule demain ! s'exclama Liz, démoralisée.

— Écoute, allons comme prévu au magasin, proposa Lucy. Tu verras que ça lui aura passé.

— Hum, espérons, dit Liz, peu convaincue.

— Ces derniers temps, nous nous sommes toutes mal comportées. Promettons-nous qu'à partir de maintenant on ne se disputera plus !

— C'est juré : plus jamais !

Au travail

— Bien, alors on s'en va, dit Hana Song avant de monter en voiture. Profite bien de cette journée.

— Oui, maman, répondit Kim dans un grand sourire, tout en saluant son père, assis au volant.

Elle regarda la voiture s'éloigner sur la route, puis elle rentra s'enfermer dans la boutique. Une fois ses parents à distance et Yong parti pour son match, elle serait vraiment maîtresse des lieux. Il était temps de se mettre au travail.

Elle regrettait d'avoir écrit ce stupide SMS à Liz et à Lucy. Elle s'était laissé envahir par une colère qu'elle n'arrivait pas à s'expliquer. Entre amies, c'était normal de se disputer parfois, mais depuis quelques jours l'atmosphère était si tendue qu'elle avait fini par l'affecter elle aussi. Les trois amies avaient trouvé une bonne raison de se chamailler presque à chaque fois qu'elles s'étaient vues. Mais, là, sa mauvaise humeur était passée. Elle avait déjà décidé d'appeler Liz et Lucy pour les inviter à la retrouver ; pour être ensemble, parler de tout ça et comprendre la raison de leur nervosité. Mais elle les laissait dormir encore un peu : si elle n'avait pas ses huit ou neuf heures de sommeil, Lucy planait toute la journée.

Dans la réserve, c'était le cauchemar. La seule solution pour ne pas se décourager était de procéder par étapes, et très systématiquement. Avant tout, il fallait sélectionner la marchandise à éliminer. Kim choisit sa *playlist* préférée dans le menu de son mobile, mit ses oreillettes et passa à l'action.

Le premier objet qui lui tomba sous la main était un réveil apparemment normal ; mais, si son père l'avait acheté, il devait sûrement cacher une surprise. Elle régla la sonnerie une demi-minute plus tard et, en effet, au bout de trente secondes exactement, le réveil se mit à bouger comme une sauterelle sur son étagère. Kim le rattrapa juste avant qu'il ne s'écrase au sol. Génial ! Elle fut tentée de le cacher dans sa chambre, mais sa mère l'avait déjà mise en garde. Il serait parfait pour Lucy, qui avait tant de mal à se lever le matin. Son père avait un faible pour son amie, il le lui offrirait certainement…

Elle trouva ensuite une poêle munie d'un manche semblable à celui d'un violon. Dès qu'elle l'effleura, elle s'ébranla au rythme d'une valse endiablée. Complètement inutilisable. Elle la posa sur le tas des choses à vendre et examina la situation. Deux objets en cinq minutes. À vue de nez, pour en finir toute seule, il lui faudrait environ… Mieux valait ne pas y penser.

Soudain, une légère chaleur se diffusa dans son oreille : l'améthyste chauffait à nouveau. Comme la veille au soir. Plus encore. Kim eut un vertige, et son cœur se mit à battre plus vite. Elle avait l'impression de perdre l'équilibre et devait s'appuyer aux étagères.

Soudain, une main se posa sur son épaule. Elle sursauta et se retourna brusquement.

C'était son frère.

— Bon sang, Yong ! s'exclama-t-elle en retirant ses oreillettes. Tu m'as fait peur !

— Je pensais que tu m'avais entendu entrer, s'excusa le jeune garçon.

— J'avais mes écouteurs, dit Kim en essayant de se

reprendre, mais les frissons et le vertige ne passaient pas. Qu'est-ce que tu voulais ?

— Je suis venu te donner un coup de main.

— Me donner un coup de main ? Tu es sûr que tu te sens bien ?

— Pourquoi ?

— Ben, à la maison, tu te traînes toujours comme un mollusque, alors… Si je raconte ça à maman, elle ne me croira jamais. Et puis, tu ne devais pas aller à un match ?

— Non, finalement ça ne me dit rien. Par où on commence ?

Kim croyait rêver ! Mais, après tout, pourquoi ne pas en profiter ?

— Par où tu veux. Fais un tas avec les choses qui te semblent les moins vendables, et je vérifierai.

— À tes ordres, lança Yong en disparaissant dans les rayons.

Cette fois, Kim demeura stupéfaite. « À tes ordres » ? Franchement, c'était le monde à l'envers. Voilà que son frère, qui s'efforçait toujours de faire le contraire de ce qu'elle disait, se mettait à lui obéir sans discuter !

Aucun doute, Yong se comportait vraiment bizarrement. Et sa boucle d'oreille était devenue presque incandescente.

***

Kim repassa en revue les étagères. À présent, l'améthyste était si chaude que ça devenait gênant. Et, surtout, elle n'arrivait pas à comprendre la raison de ce phénomène. S'il y avait un danger, quel était-il ? Il n'y avait qu'elle et son frère dans la réserve.

Elle et son frère…

Elle éteignit la musique pour réfléchir calmement. La veille au soir, la pierre de sa boucle d'oreille s'était mise à chauffer lorsqu'elle l'avait surpris en train de fouiller dans le débarras. Et maintenant, on entendait un drôle de remue-ménage dans le magasin.

Kim se faufila entre les rayons pour voir ce que fabriquait Yong, et elle resta clouée sur place. Son frère attrapait frénétiquement tous les objets qu'il trouvait, les secouait, les ouvrait, puis les remettait à leur place. Quand il ne les jetait pas carrément par terre. Drôle de manière de l'aider !

Il semblait chercher quelque chose. Mais quoi ?

En tout cas, cette scène en disait long. Ses parents ne

la croiraient jamais. Kim sortit discrètement son Mercure 3 000 de sa poche, activa la fonction caméra et pointa l'objectif sur Yong.

Le choc lui coupa le souffle. Sur l'écran, la silhouette de son frère laissait place à une énorme masse informe qui s'étirait et se resserrait… Il était en train de se transformer en… quelque chose d'autre.

Quelque chose de vert, avec de grosses écailles et des griffes à la place des mains.

Clic!

Kim comprit tout à coup. Cette horrible créature s'était substituée à son frère et elle était en train de chercher l'anneau d'Héphaïstos qu'on l'avait envoyée récupérer. Voilà donc pourquoi son frère était si bizarre ces temps-ci! Malgré tous les signes de danger, elle avait été assez aveugle pour ne pas s'en rendre compte!

Kim leva les yeux. La créature n'avait plus l'aspect de Yong. Le Mercure l'avait démasquée. La créature-Yong n'avait pas encore dû s'en apercevoir, car elle continuait à fouiller dans les rayons en haletant, mais c'était une question de minutes. Il fallait agir immédiatement: prendre l'anneau et le mettre en lieu sûr.

Tremblante, Kim cessa de filmer et alla sur la pointe des pieds poser son Mercure 3 000 sur la table de l'entrée.

Le pouvoir des rêves

S'il lui arrivait quoi que ce soit, Liz et Lucy le trouveraient. Ensuite, elle se glissa entre les rayons de manière que la créature-Yong ne la voie pas et elle se précipita vers la cachette de la cornaline. C'est alors qu'elle s'entendit appeler par son nom.

— Athéna ? Où es-tu, Athéna ?

Sauf que la voix n'était plus celle de son frère. C'était une voix stridente, tout droit sortie de son pire cauchemar !

Kim souleva le couvercle de la boîte à bijoux en forme de grenouille. La pierre n'émettait plus de lueur, mais elle se remit à briller dès que Kim la saisit et se retourna pour s'enfuir.

La créature était là, devant elle.

— Je ne sais pas comment tu as fait pour me démasquer, mais cela ne te servira à rien, siffla-t-elle en lui bloquant le passage. Donne-moi l'anneau d'Héphaïstos.

— Où est mon frère ?

Kim essayait de garder son calme. Et puis, Yong se trouvait peut-être là, quelque part…

— Donne-moi l'anneau, nous en parlerons ensuite.

La créature semblait beaucoup plus calme qu'elle et la fixait de ses yeux jaunes. Kim n'eut pas le temps de réagir : tout à coup, sa tête se mit à tourner et sa vue se brouilla. Un froid mortel lui saisit la poitrine et lui bloqua la respiration.

— Donne-moi l'anneau, Athéna !

Malgré elle, Kim ouvrit lentement la main qui tenait la bague.

— C'est bien... comme ça...

Il ne fallait pas qu'elle regarde le monstre, il ne fallait surtout pas qu'elle le regarde dans les yeux...

Disparue

Liz mit ses mains en cercle devant ses yeux et lorgna dans la vitrine du Bazar des Rêves.

— Elle n'est pas là, dit-elle.

— Elle doit déjà être dans la réserve, observa Lucy après avoir sonné à l'appartement du dessus. Essaie de l'appeler.

Sur ces mots, elle bâilla bruyamment. Elle dormait debout, mais elle avait hâte de faire la paix avec son amie.

— Ça ne répond pas. Elle doit écouter la musique très fort et elle ne nous entend pas.

— Allons voir dans la cour, proposa Liz.

Les deux filles prirent la rue à droite du magasin et

débouchèrent dans une impasse fermée par une grille métallique. La réserve se trouvait juste derrière.

— Liz, ne me dis pas que tu as l'intention d'escalader la grille ! gémit Lucy, inquiète.

— Si ! Elle est très basse, c'est un jeu d'enfant.

Liz glissa ses doigts dans les mailles du filet métallique et commença à grimper. En deux secondes, elle se retrouva de l'autre côté.

— Allez, Lucy, qu'est-ce que tu attends ?

Après un soupir bruyant, Lucy se mit à grimper avec précaution, en prenant garde de toucher le moins possible le grillage.

— Berk, regarde comme c'est rouillé ! maugréa-t-elle. Heureusement que j'ai mis un vieux jean pour travailler, parce que pour enlever ça...

Tandis qu'elle progressait toujours très lentement, Liz frappa à la porte de la réserve. Cette fois encore, elle n'obtint aucune réponse.

Elle colla l'oreille à la porte. Toujours rien.

— Je n'entends pas de musique, dit-elle. Et maintenant, qu'est-ce qu'on fait ?

— Elle n'a pas laissé la porte ouverte, par hasard ? lança Lucy, occupée à frotter son jean.

— Le génie a parlé… se moqua Liz en appuyant tout de même sur la poignée. Oups, tu avais raison !

— Kim, c'est nous ! appela Lucy en entrant avec Liz. Quel silence ! On dirait qu'il n'y a personne ici.

En effet, la réserve semblait déserte. Les deux amies firent un tour rapide et se retrouvèrent devant un énorme tas d'objets jetés pêle-mêle sur le sol. Certains étaient cassés.

— Quel désastre ! s'exclama Lucy. Ça ne lui ressemble pas.

— Mais alors pas du tout, convint Liz, alarmée.

À présent, Lucy était parfaitement réveillée et commençait à pâlir d'inquiétude, mais Liz l'incita à rester calme. Les deux amies regagnèrent l'entrée de la réserve. Le Mercure 3 000 de Kim était abandonné sur la petite table, au milieu d'une foule d'autres objets.

— Ça non plus, ça ne lui ressemble pas, dit Liz en le montrant du doigt.

— J'ai un horrible pressentiment.

Toujours plus inquiète, Liz prit l'appareil et appuya sur une touche au hasard. Le portable s'alluma en mode caméra.

— Kim doit avoir filmé quelque chose. Il y a l'icône

d'une vidéo. Et l'enregistrement remonte à une quinzaine de minutes.

— Appuie sur « Play », dit Lucy en s'approchant pour regarder.

Liz lança le film, et la silhouette d'un garçon qui fouillait parmi les étagères apparut sur l'écran.

— Mais c'est Yong ! s'exclama Lucy. Kim a réussi à le motiver, finalement.

— Euh.. tu crois que c'est Yong ? murmura Liz, soudain effrayée.

Sous leurs yeux venait de s'accomplir une incroyable métamorphose. Yong n'était soudain plus Yong.

Lucy fronça les sourcils.

— Qu'est-ce que c'est que… ce truc ?

Liz ne répondit pas. La gorge nouée, elle fixait la monstrueuse créature occupée à vider les étagères. En même temps, elle se disait qu'elle avait été stupide de suspecter Sasha alors que le danger était sous ses yeux, tout près d'elle. En concentrant son attention sur Mister Sourire-en-Coin, elle avait facilité la tâche à leur véritable ennemi. S'il était arrivé quelque chose à Kim, elle ne se le pardonnerait jamais.

Une pensée lui traversa l'esprit, et elle se mit brusquement à courir entre les étagères.

— Où vas-tu ? lui demanda Lucy, toujours plus effrayée.

Liz était déjà devant leur coffre-fort secret. La bouche de la grenouille était grande ouverte. Et vide.

Il n'y avait plus aucun doute.

— L'anneau a disparu, cria Liz à Lucy.

La neuvième statue

Kim eut l'impression qu'un voile se déchirait devant ses yeux. Elle était debout sur une espèce de piédestal. Devant elle, une flamme d'or brûlait dans un grand brasier. La Flamme d'Or, centre vital de l'Olympe, que les dieux ravivaient sans cesse pour préserver leur monde.

Tout autour d'elle, des statues. Huit statues. Voilà donc tout ce qui restait des dieux vaincus par Arès, pétrifiés avec la pierre symbole de leur pouvoir. Et ce lieu était le Dodékatheon, le Temple sacré de l'Olympe d'Arès. Sa voûte s'ouvrait sur un ciel rougeoyant peuplé de créatures virevoltantes.

Kim était étourdie. Elle se rappelait vaguement avoir

été attaquée alors qu'elle essayait de mettre l'anneau à l'abri. Ensuite, ce n'était plus qu'un trou noir dans sa mémoire.

— Elle revient à elle, monseigneur ! grinça une voix caverneuse.

Kim reconnut la créature qui l'avait trompée en prenant l'apparence de son frère. Elle lui lança un regard plein de haine.

C'est alors seulement que la jeune fille remarqua la silhouette sombre qui s'était levée du trône situé derrière le brasier. L'ancien trône de Zeus, usurpé par Arès, le seigneur de la Guerre. L'ombre tenait à la main une épée gigantesque et sur sa tête flamboyait un casque. Kim voyait mal, mais le corps dissimulé sous l'imposante armure de guerrier semblait brûlé, comme rongé de l'intérieur. Il subissait le même sort que ce monde qu'il condamnait à la destruction.

Arès.

Kim fut saisie par l'apparente férocité du dieu. Elle essaya de bouger, mais soulever le bras lui demandait un effort immense. Comme si son corps ne lui appartenait plus. Même sa bouche semblait insensible.

— Athéna, enfin ! tonna le dieu d'une voix caverneuse. Ta brève existence de mortelle est terminée. Fuir ne t'aura servi à rien. Grâce à ta capture, l'heure de mon triomphe approche ! Artémis et Aphrodite te rejoindront bientôt, et vous paierez pour l'éternité le prix de votre trahison !

— S'il y a un traître ici, c'est toi, accusa Kim.

— Parce que Zeus ne s'est pas rendu coupable de trahison, lui, en permettant aux hommes d'oublier l'Olympe ? Dès que ma victoire sera complète, la Terre se retrouvera sous mon autorité, l'autorité d'Arès, le seigneur de la Guerre !

— Espèce de traître ! s'obstina Kim.

Le dieu éclata d'un rire infernal qui donna à Kim des frissons.

Elle pensa à ses amies, et aux stupides malentendus de ces derniers jours. Si Lucy et Liz avaient été près d'elle à ce moment précis, elle les aurait serrées dans ses bras. Et elle leur aurait dit combien elle regrettait ce qu'elles s'étaient dit. Mais il valait beaucoup mieux que ses amies ne soient pas là.

— Voici l'anneau d'Héphaïstos, monseigneur, dit la créature aux écailles vertes en exhibant son butin.

— Bien, Drakos, approuva le seigneur de la Guerre. Remets-le à sa place.

La créature s'approcha de la statue d'Héphaïstos et posa l'anneau sur la main du dieu du Feu.

— Ta mission est accomplie, fidèle serviteur, continua Arès. En ramenant aussi Athéna jusqu'ici, tu as dépassé mes espérances. Tu recevras les honneurs que tu mérites.

— Pas encore, monseigneur, siffla Drakos. Il me reste une chose à découvrir.

Le petit monstre approcha son affreuse tête de Kim.

— Dis-moi, Athéna, comment as-tu fait pour me démasquer ? Tu n'as pas pu deviner, alors comment y es-tu parvenue ?

Kim ne lui adressa pas même un regard. Le Mercure 3000 était son unique chance que Liz et Lucy découvrent ce qui s'était passé.

— Réponds, Athéna ! insista Drakos en la fixant de ses yeux diaboliques.

Une nouvelle fois, Kim sentit l'air lui manquer, comme sous l'étreinte d'un étau impitoyable. Elle essaya de résister, mais ses paroles sortirent de sa bouche malgré elle.

— Le… le Mercure 3000 m'a dévoilé ta véritable identité, avoua-t-elle. Cet appareil… a quelque chose de spécial…

— Où est-il ?

— Sur la table… dans la réserve.

L'étau se relâcha et Kim put respirer.

— Monseigneur, je désire récupérer cet objet, déclara Drakos. J'empêcherai Aphrodite et Artémis de s'en emparer.

— Rapporte-le ici, ordonna Arès.

Kim vit soudain Drakos frotter le cristal bleu qu'il avait à la main et se transformer sous ses yeux. En un instant, il avait pris un nouvel aspect…

Le sien !

Debout devant elle, une autre Kim la fixait avec un rictus maléfique.

Puis elle disparut.

Kim, la vraie, fut prise de panique. Liz et Lucy se laisseraient sûrement piéger par un clone aussi parfait. Et elle ne pouvait rien faire pour les avertir !

— Et maintenant, c'est ton tour, Athéna, dit Arès d'une voix menaçante.

Kim le vit lever son épée vers le ciel.

— Par le pouvoir de Méduse, tonna le dieu, que ta chair devienne pierre !

Il abaissa son épée au-dessus d'elle et un vent glacial l'enveloppa.

Ensuite, un horrible craquement retentit à ses oreilles.

Kim vit avec terreur ses mains prendre une teinte grisâtre et se rigidifier. Elle ne sentait plus ses jambes, ni ses bras. Et la métamorphose s'opérait dans tout son corps, comme une vague irrépressible.

Kim ouvrit la bouche, mais son cri se figea dans la pierre.

Drakos

Bouleversée, Lucy faisait les cent pas dans la réserve. La disparition de Kim l'avait jetée dans le plus grand désarroi. Elle aurait eu besoin du calme et de l'esprit rationnel de son amie. Sans elle, elle se sentait perdue.

— Qu'est-ce qu'on peut faire ? demanda-t-elle pour la énième fois.

— Garder notre calme, répondit Liz.

Lucy admira un instant le sang-froid de son amie. Malheureusement, elle n'arrivait pas à suivre son exemple.

— Mais Kim est en danger ! hurla-t-elle.

— Tu crois que je ne le sais pas ? rétorqua Liz, le visage sombre.

Elle respira profondément avant d'ajouter :

— Nous avons promis de ne plus nous disputer, et nous devons y arriver ! Cela ne nous aide pas à régler quoi que ce soit.

— Tu as raison, pleurnicha Lucy. C'est juste que je voudrais faire quelque chose…

Elle regarda autour d'elle et sentit les larmes lui monter aux yeux. Tous ces objets bizarres lui rappelaient Kim. Et dire qu'elles devaient passer ce dimanche à s'amuser et à préparer leur brocante ! À présent, cet endroit lui semblait un vrai musée des horreurs.

Soudain, elle leva les yeux et vit une chose étrange.

— Liz… murmura-t-elle. Derrière toi…

Son amie se retourna : dans un coin de la réserve venait de se matérialiser une espèce de nuage verdâtre, qui flottait dans l'air.

— Par ici ! souffla Liz en l'attirant derrière les étagères.

De leur cachette, les deux filles observèrent ce qui se passait.

Le nuage se solidifia en une figure humaine.

C'était Kim.

Folle de joie, Lucy ouvrit la bouche pour l'appeler, mais une main se posa fermement sur ses lèvres. Debout derrière elle, Liz lui signifia de se taire. Lucy la regarda sans comprendre : pourquoi ne pouvait-elle pas courir embrasser son amie ?

Kim s'approcha de la table et se mit à fouiller fébrilement parmi les objets qui s'y trouvaient. Liz regarda Lucy d'un air entendu et retira sa main de sa bouche. Ensuite, elle lui fit signe d'attendre.

— Qu'est-ce qu'elle cherche ? chuchota Lucy.

Kim s'interrompit aussitôt et se retourna d'un bond.

— Liz, Lucy, vous êtes là ?

— Salut, Kim, répondit Liz en sortant de sa cachette. Tu cherchais quelque chose ?

Kim lui adressa un grand sourire.

— C'est vous qui l'avez ?

— Tu parles de ça ? demanda Liz en montrant le Mercure 3 000.

— Oui. Merci de me l'avoir gardé, dit Kim en avançant vers les deux filles. Je ne le trouvais plus.

— Attends, reste où tu es, dit Liz d'une voix énergique en dévisageant la jeune fille avec méfiance. Je veux te filmer en souvenir de cette journée.

— Tu crois que c'est le moment ? plaisanta Kim en continuant à avancer. Donne-le-moi, Liz, dit-elle en tendant la main.

Au lieu de ça, Liz pointa l'objectif du Mercure sur elle

et la créature qu'elles avaient déjà vue à la place de Yong apparut une nouvelle fois sur l'écran.

Lorsque Lucy et Liz relevèrent la tête, elle avait repris son apparence monstrueuse.

— Maudites pestes! hurla-t-elle. À présent, vous allez avoir affaire à Drakos!

— Non, c'est *toi* qui vas avoir affaire à *moi*, répliqua Liz en bondissant vers elle.

Mais le monstre vert l'avait devancée : il se jeta violemment sur elle et l'envoya valdinguer contre les rayonnages. Une montagne de marchandise dégringola sur Liz avant de s'écraser sur le sol.

— Liz! cria Lucy, épouvantée.

Drakos s'élança à nouveau sur la jeune fille ; elle lui décocha un coup de pied qui le fit reculer. Il repartit aussitôt à l'attaque.

Tandis que son amie se battait contre le monstre, Lucy regardait désespérément autour d'elle. Elle aurait voulu l'aider, mais elle ne savait pas quoi faire. Alors elle attrapa le premier objet qui lui tomba sous la main : une drôle de poêle avec un manche de violon. Sans réfléchir, elle la balança de toutes ses forces sur la tête de Drakos. La poêle se mit à jouer une petite mélodie, et Drakos vacilla. Lucy enchaîna par un autre coup de poêle, et la musique s'arrêta. Drakos s'effondra lourdement sur le sol, évanoui.

— J'espère que ton futur fiancé ne t'énervera jamais quand tu cuisines ! s'exclama Liz en se relevant. Merci, tu as été fantastique !

— … Même si l'arme n'est pas digne d'une divinité comme moi.

Les deux amies se mirent à rire : une façon comme une autre d'évacuer la tension.

— Maintenant, il faut l'obliger à nous dire où est Kim, reprit sérieusement Lucy.

— Oui, mais pas ici, observa Liz. Il vaut mieux l'emmener avec nous sur l'Olympe tant qu'il est encore dans cet état. Nous serons en sûreté dans la Sinfalide. Et aussi plus fortes.

Elles en avaient déjà fait l'expérience : dans la Sinfalide, Lucy était capable d'entrer mentalement en contact avec ses ennemis pour utiliser leurs pouvoirs, même si c'était au risque de perdre sa propre identité. Liz, quant à elle, pouvait utiliser sa pierre comme arme, et Kim savait invoquer la foudre. Pauvre Kim…

« Quand je pense que la dernière fois que je l'ai vue nous nous sommes disputées… », songea Lucy.

Mais elle se raisonna : au lieu de penser à ça, elle devait se concentrer sur ce qu'elle pouvait faire pour l'aider.

— Comment fait-on pour emmener ce monstre là-bas ? demanda-t-elle.

— Regarde ce qu'il a dans la main… enfin, dans la patte, dit Liz en observant Drakos de plus près.

Le monstre serrait un cristal bleuté dans ses griffes.

— On dirait une pierre comme les nôtres, dit Lucy.

—- Ou comme la cornaline d'Héphaïstos. Il l'utilise probablement pour voyager entre l'Olympe et la Terre comme nous.

— Alors pourquoi n'essaierait-on pas de le traîner derrière nous ? Physiquement, je veux dire. Nous avons nos pierres, il a la sienne…

— Essayons.

Lucy prit Drakos par un bras et Liz par l'autre.

— Prête ? fit Liz, la main sur le porte-clés où était enchâssée son obsidienne noire.

— Prête !

Lucy serra le pendentif de quartz rose qui ornait son cou.

Une seconde plus tard, le monde autour d'elles avait disparu.

Interrogatoire

Liz sentit qu'elle traversait une longue suite de grottes sans fond, puis une immense paix l'envahit tandis que des forêts et des océans défilaient devant ses yeux.

Puis tout s'arrêta, et elle se retrouva agrippée au bras de Drakos. Tout comme Lucy.

— Nous sommes dans la Sinfalide, mais ce n'est pas comme l'autre fois... murmura son amie d'une voix sombre.

— Je le sais. La dernière fois, nous étions avec Kim. Aujourd'hui, nous avons un monstre sur les bras !

— Je parlais du ciel !

Liz leva les yeux. La Sinfalide avait effectivement changé. La première fois qu'elles y étaient venues, le ciel était d'une couleur pourpre traversée par une gigantesque fissure lumineuse d'un bleu limpide. La fissure qu'Aphrodite avait ouverte dans le ciel des années plus tôt pour protéger cette région de l'Olympe et la rendre inaccessible à Arès. À présent, la fissure était en train de se refermer. Le bleu laissait progressivement place au pourpre.

— Ça ne me dit rien de bon, grogna Liz.

— La dernière fois, il m'avait suffi de la regarder pour ressentir de la joie, soupira Lucy, tandis que Liz surveillait du coin de l'œil Drakos, toujours évanoui. Maintenant, je ne ressens plus qu'une terrible angoisse.

— Le seigneur de la Guerre agrandit son domaine, grinça Liz, qui songeait aux habitants de la Sinfalide qu'elles avaient rencontrés la première fois qu'elles étaient venues.

Elle pensa au vieux Sicano aux yeux de pierre, qui avait disparu dans la caverne Imogeo. Il les avait accompagnées dans ce marais souterrain pour qu'elles puissent retrouver le miroir d'Aphrodite, preuve de leur identité passée. Elle pensa à Éadris, sa fille aux jambes ornées d'arabesques, qui, avant leur départ pour la caverne, avait juré de se venger s'il arrivait quelque chose à son père. Liz ne savait pas si elle pourrait la regarder dans les yeux après ce qui s'était produit. Mais elle pensa surtout à l'homme au masque d'or, Auron. La jeune fille aurait donné n'importe quoi pour le revoir maintenant, pouvoir lui parler et entendre son rire. C'est sur ses conseils qu'elles avaient décidé de rentrer chez elles malgré la disparition de Sicano.

Le sort du vieillard aux yeux de pierre n'avait jamais cessé de la tourmenter.

La jeune fille s'aperçut avec un pincement au cœur que la plaine de la Sinfalide était déserte. Pas le moindre signe de vie dans les cheminées rocheuses où se cachait le village souterrain.

— C'est toi qui as créé cette fissure dans le ciel lorsque tu étais Aphrodite. Tu crois que tu peux faire quelque chose ? demanda-t-elle à Lucy.

— Je n'en ai pas la moindre idée, répondit son amie en observant avec inquiétude la déchirure bleutée. J'ai bien peur que lorsqu'elle se sera entièrement refermée…

— Ne dis rien ! l'interrompit Liz. Il faut trouver Kim, et vite. Peut-être qu'elle, elle saura quoi faire.

Lucy arracha le cristal bleu des griffes de Drakos, et Liz saisit son porte-clés. Elle toucha l'obsidienne noire, qui explosa en mille morceaux et alla se recomposer en deux longues barres flexibles. Liz les ficha solidement dans le sol de chaque côté du corps de Drakos, de façon à l'empêcher de bouger.

— Parfait. Comme ça, on n'aura pas de mauvaise surprise, commenta Lucy.

Leur prisonnier reprit connaissance à ce moment précis. Il essaya de se dégager, mais plus il se démenait, plus les barres s'enfonçaient profondément.

— Tu ferais mieux de rester tranquille si tu ne veux pas te faire broyer, le prévint Liz.

Sous l'effet de la colère, Drakos devint encore plus vert et se mit à fixer la jeune fille avec insistance.

Elle eut une sensation étrange. Elle n'arrivait plus à détacher ses yeux de ce monstre, et c'était comme si un étau lui enserrait la poitrine.

Lucy s'interposa entre elle et Drakos et la poussa en arrière.

— Ne le regarde pas !

Liz se reprit aussitôt. La tête lui tournait un peu, mais elle allait mieux.

— Essaie donc avec moi, tête d'écailles ! le défia Lucy en fixant à son tour l'horrible créature.

Liz vit son amie se concentrer intensément. Le monstre

essaya d'abord de résister, puis il sembla effrayé. Finalement, il se raidit et resta immobile, l'air hagard.

— Bon sang, il était en train de... m'hypnotiser! s'exclama Liz. On aurait dit toi quand tu bats des cils...

— Merci de la comparaison! plaisanta Lucy. Mais je n'ai pas les mêmes pouvoirs que ce monstre. Moi, je n'hypnotise personne.

— Tu viens juste de le faire avec lui!

— Tu sais que je peux m'emparer des pouvoirs des autres: j'ai utilisé le sien contre lui. Pourquoi n'essayerions-nous pas de l'interroger?

Liz acquiesça d'un signe de tête et Lucy se retourna vers Drakos.

— Tu es prêt pour quelques questions?

— Bien sûr, répondit Drakos, le regard fixe.

Liz et Lucy échangèrent un sourire: ça fonctionnait!

— Pour commencer, explique-nous pourquoi la fissure dans le ciel est en train de se refermer? continua Lucy.

— Avec la capture d'Athéna, le pouvoir d'Arès a encore augmenté, répondit Drakos dans un état second. Le seigneur de la Guerre a rompu ton sortilège, Aphrodite.

Le pouvoir des rêves

— Où sont les habitants de la Sinfalide ? demanda Liz avec angoisse.

— Je ne sais pas.

— Et maintenant, parle-nous de Kim... enfin, d'Athéna, reprit Lucy. Où est-elle ? Que lui est-il arrivé ? Nous voulons tout savoir !

— Elle est prisonnière d'Arès dans le Dodékatheon. C'est moi qui l'ai capturée. Je l'ai hypnotisée et je l'ai livrée à monseigneur.

— Et il s'en vante ! explosa Liz. Tu t'es contenté de la piéger en te faisant passer pour son frère !

Drakos ne réagit pas.

— Et qu'est-il arrivé à Yong ? demanda encore Lucy.

— Pour me substituer à lui, j'ai dû l'endormir, répondit la créature.

— Revenons-en à Kim. Arès l'a enfermée quelque part ? Il lui a pris son améthyste ?

— Quand je suis retourné sur Terre pour récupérer ce maudit appareil, elle était dans le Temple sacré avec monseigneur. Je ne sais pas ce qui lui est arrivé depuis.

— Comment peut-on la libérer ? intervint Liz.

— Je peux faire semblant de vous avoir capturées vous aussi et vous conduire au Dodékatheon, dit vivement

Drakos. Sans moi, vous ne réussirez pas à l'approcher. Les Gardiens Taureaux donneraient l'alarme.

— Pourquoi nous aiderais-tu ? marmonna Liz.

— Arès me condamnera à mort pour m'être laissé capturer, alors je préfère m'allier à vous.

Liz se tourna vers Lucy et lui dit à voix basse :

— Avec ce regard de thon, il ne trompera personne. On voit à deux mètres qu'il est sous hypnose. Notre seule alternative, c'est que tu relâches ton emprise mentale sur lui. Tu crois qu'on peut lui faire confiance ?

— Je crois plus facilement mon frère quand il jure ne pas avoir fouillé dans mes tiroirs, répondit son amie. Mais nous n'avons pas le choix.

— C'est ce que je pense aussi.

Lucy se concentra et réveilla Drakos.

— Qu'est-ce... qu'est-ce qui m'est arrivé ? demanda-t-il, ahuri.

— Nous venons tout juste de faire un pacte, lui annonça Lucy. Tu nous mènes jusqu'à Kim et, si tout va bien, nous te laissons libre.

— Affaire conclue, affaire conclue ! dit Drakos en s'agitant avec impatience. Libérez-moi et je vous y conduis tout de suite !

Liz arracha du sol les barres qui le retenaient.

Elles tournoyèrent dans l'air et se fondirent à nouveau l'une dans l'autre, reprenant la forme de l'obsidienne.
— Pas de blagues, le menaça Liz.
Mais c'était déjà trop tard.

Un plan presque génial

— Lucy, attention !

Lucy n'avait pas eu le temps de voir Drakos bondir. Le monstre s'élança vers elle et la renversa.

— Rends-moi la turquoise d'Hermès, siffla-t-il.

L'affreuse créature lui arracha le cristal des mains et le serra entre ses griffes.

À la place de Drakos apparut une espèce de cyclope géant, avec un œil vert flamboyant au milieu du front et une massue à la main.

Il abattit son arme sur les deux amies, qui s'écartèrent juste à temps : la massue ouvrit un cratère dans le sol.

Mais le cyclope préparait déjà son prochain coup.

Avec une rapidité impressionnante, Liz transforma

son obsidienne en un bouclier qu'elle souleva au-dessus de leur tête. Le coup fut terrible, mais le bouclier l'absorba entièrement. Lucy vit combien l'effort ébranlait la force de son amie. Combien de coups supplémentaires serait-elle capable de parer ? Le cyclope levait à nouveau son arme.

— Liz, il va nous balayer ! cria Lucy à l'abri du bouclier. Si nous ne filons pas d'ici, Drakos nous…

— Drakos, bien sûr ! Lucy, tu es un génie ! l'interrompit Liz tandis que la massue s'écrasait sur elles. Ce n'est pas un vrai cyclope, c'est seulement Drakos déguisé !

À l'instant où elles en prirent conscience, Drakos réapparut à la place du cyclope. Sous l'effet de la surprise, le monstre se donna un gigantesque coup sur les pieds.

— Maintenant, ça suffit ! s'écria Liz.

Elle prit son élan et projeta violemment le bouclier, qui se retourna vers le monstre comme une hache, l'atteignit de plein fouet et le pulvérisa en mille morceaux.

— Waouh ! Tu l'as désintégré ! s'exclama Lucy.

Il n'y avait plus trace du monstre.

— Il l'a bien cherché ! répondit sombrement Liz en récupérant son bouclier.

— Il ne reste plus que la pierre, dit Lucy en ramassant le cristal bleu à l'endroit où Drakos avait disparu. Et maintenant, comment se rend-on au Dodékatheon ?

— Ah oui, c'est vrai... dit Liz. Je m'étais dit qu'on n'aurait qu'à se présenter toutes les deux en disant : « Salut, on est venu libérer Kim ! »

— Mais tu as raison ! s'exclama Lucy en se jetant à son cou. Toi, tu es vraiment un génie !

— Quoi ? dit Liz sans comprendre.

— Mais oui ! Quand Drakos m'a sauté dessus pour me prendre la pierre, comment l'a-t-il appelée ? La turquoise d'Hermès, pas vrai ?

— Si, mais...

— Et qui est Hermès ? Quel est, disons, son domaine d'action en tant que divinité ? Mme Collins nous en a parlé.

Liz réfléchit un instant.

— Ben, c'est le protecteur des voyageurs, des marchands...

— Et... ?

— Des voleurs, si je ne me trompe pas. Mais quel rapport avec nous ?

— Un sacré rapport, Liz !

Lucy était euphorique.

— Hermès est le dieu de l'Illusion. C'est grâce à sa pierre que Drakos a réussi à prendre l'apparence de Kim, de Yong et même du cyclope ! Et, s'il l'a fait, nous pouvons le faire aussi !

— Doucement ! dit Liz. Quelle apparence voudrais-tu prendre ?

— Celle de Drakos, bien sûr !

Lucy laissa à son amie le temps d'accepter l'idée.

— Je prendrai son apparence et nous ferons ce qu'il avait imaginé : je te conduirai à Arès, en faisant semblant de t'avoir capturée. Ce monstre de Drakos était horrible, mais pas tout à fait stupide !

Liz hocha lentement la tête.

— Mais il y a un petit problème, il me semble, observa-t-elle. Drakos est redevenu lui-même dès que nous avons découvert le truc, aussi bien quand il avait pris l'apparence de Kim que quand il était un cyclope. Il suffit d'un rien pour que l'effet s'évanouisse.

— On fera en sorte de ne pas se faire prendre. D'ailleurs, Arès n'a aucune raison de se méfier.

— Et comment fait-on pour arriver au Dodékatheon ? Moi, je ne connais pas le chemin...

— C'est vrai, répondit Lucy, qui n'y avait pas encore pensé. Voyons, si j'étais Drakos, comment ferais-je ?

— Si tu étais Drakos, tu serais sur la Terre, pas ici.

— Très juste ! Essayons d'abord de retourner à Rainbow Hill et utilisons nos pierres pour nous transporter directement au Dodékatheon. C'est un peu compliqué, mais je ne vois pas quoi faire d'autre…

— Admettons que ça marche et qu'on se retrouve dans le temple. Que fait-on ensuite ?

— Ensuite…

Lucy s'aperçut qu'elle n'avait pas non plus pensé à cela.

— … On improvise !

— C'est de la folie, répondit Liz sur un ton grave.

Puis elle sourit, complice.

— Donc ça pourrait marcher. J'ai vraiment hâte de te voir sautiller comme ce crapaud de Drakos !

Lucy regarda la pierre. C'était le moment d'essayer de se transformer. D'un seul coup, son plan ne lui semblait plus si enthousiasmant…

— Quelque chose ne va pas ? lui demanda Liz.

— Euh… j'essaie de me concentrer, répondit Lucy.

Mais, en réalité, elle pensait au jour où Kim avait dit qu'elles ne devraient pas retourner sur l'Olympe avant d'avoir essayé leurs pouvoirs une centaine de fois. Elle pensait aussi à Auron, qui leur avait recommandé de n'affronter Arès que lorsqu'elles seraient prêtes. Or, elles avaient fait exactement le contraire. Elles étaient revenues sur l'Olympe sans avoir testé leurs pouvoirs, et maintenant elles risquaient de se retrouver devant Arès sans aucun plan.

— Moi aussi j'ai peur, j'avoue, murmura Liz.

Elles gardèrent courage.

— Okay, se reprit Lucy, prête à serrer la pierre entre ses doigts. Allez! Tiens bon, Kim, on arrive!

Le dernier rêve de Morphée

Dans le Dodékatheon, Kim était devenue une statue parmi les autres.

Son corps était de pierre, mais son esprit demeurait libre. Libre de penser et de se souvenir.

Libre de rêver.

Lorsque Arès l'avait pétrifiée, ses sens s'étaient endormis. Elle réussissait encore à percevoir ce qui l'entourait, mais à chaque seconde qui passait tout devenait plus flou. Et puis, brusquement, les statues des dieux, le trône, la Flamme d'Or, le temple et même le ciel de pourpre, tout disparut.

Il ne restait plus que la gigantesque porte d'ivoire. Toujours fermée.

Peut-être Kim devrait-elle essayer de l'ouvrir ?

Au moment même où elle y pensa, la porte se mit à bouger lentement. Une créature aux grandes ailes noires entra en volant.

Morphée…

Kim leva les yeux. Le ciel au-dessus d'elle avait changé. Il était devenu bleu.

Et, à ses pieds, une immense étendue de coquelicots ondoyait comme la mer, bien qu'il n'y eût pas le moindre vent.

La créature plana un court instant, puis descendit lentement jusqu'à Kim. Ses ailes se replièrent et disparurent, et son visage se transforma en celui d'un garçon d'une beauté incroyable.

Ce visage que Kim n'avait jamais pu oublié. Jared !

« J'ai toujours su que c'était toi. »

Je suis venu pour toi, Kim.

Il lui parlait sans bouger les lèvres, mais elle entendait sa voix à l'intérieur d'elle. Son beau regard émut violemment le cœur de Kim.

Tu étais Athéna comme j'étais Morphée. Par le passé, notre amour rayonnait dans l'Olympe tout entière.

Elle aurait voulu répondre, mais elle ne pouvait rien

faire d'autre qu'écouter cette voix qui jaillissait comme de l'intérieur d'elle-même

À la longue, Arès s'est désintéressé de mon pouvoir sur les rêves, il ne cherchait plus qu'à m'arracher le secret de votre disparition.

Kim aurait voulu pleurer, mais elle ne le pouvait pas. Elle ne pouvait même pas verser des larmes de pierre.

Mais maintenant il vous a trouvées et je ne lui sers plus à rien. Il m'a condamné à l'exil éternel. Je ne peux rien faire d'autre que subir mon sort, mais je peux l'empêcher de s'emparer du pouvoir des rêves. J'ai décidé de m'en séparer. J'ai décidé d'y renoncer pour toujours.

Kim essaya encore une fois de dire quelque chose. Sans aucun résultat. Elle comprit alors que c'était un rêve que lui avait envoyé Jared. Le rêve qui n'arrivait jamais à s'achever sur la Terre et qui lui venait à présent dans son sommeil de pierre.

Avant d'endurer ma peine, je mettrai le pouvoir des rêves en sûreté dans un lieu sur la Terre et toi seule pourras le retrouver. Je n'ai pas le droit d'en dire plus. C'est à toi que je donne mon pouvoir, et mon âme.

Je confie aux vagues du destin le dernier rêve de celui qui fut Morphée. Où que tu sois, tôt ou tard je te rejoindrai.

Adieu, Athéna. Adieu, Kim. Adieu, mon amour.
Le rêve s'effaça.

Kim revint à la réalité. Autour d'elle, tout était plus lointain et plus flou. Pas de coquelicots à perte de vue, pas de porte d'ivoire, ni de ciel d'azur. Seulement le pourpre du ciel au-dessus du temple, la flamme pâle, les statues muettes. Le tout enveloppé d'un silence total, sans le moindre souffle de vent. Elle était de nouveau prisonnière de son cauchemar de pierre.

Mais une force incommensurable venait de renaître au plus profond d'elle-même. Elle ne devait pas cesser d'espérer. Athéna n'était pas encore vaincue.

« Je ne t'abandonnerai jamais, Jared. »

C'était le serment d'une déesse.

Au Temple

Liz et Lucy venaient juste d'apparaître sur la cime du mont Olympe. Les murs de la cité des Dieux se dressaient devant elles.

Liz se retourna une dernière fois. Derrière elle, Drakos lui fit un clin d'œil pour lui dire que tout était okay.

— Finalement, peut-être que je te préférais avant, chuchota Liz en observant son amie métamorphosée. Ce Drakos était vraiment horrible.

— Moi, au contraire, je me trouve monstrueusement belle, plaisanta Lucy en agitant ses griffes. J'aurais juste besoin d'un peu de vernis à ongles.

Tout en continuant à plaisanter pour dissiper la tension, les deux filles arrivèrent au pied de l'imposante enceinte. Mais, lorsqu'elles virent l'énorme créature armée qui leur barrait la route, elles n'eurent plus du tout envie de rire.

— Arrêtez! tonna le géant à tête de taureau, vêtu d'une armure étincelante. Ce devait être l'un des gardiens dont avait parlé Drakos.

— Qui êtes-vous?

— Tu ne me reconnais pas? siffla Lucy d'un ton méprisant, avec la petite voix stridente de la créature dont elle avait pris l'apparence. Je suis Drakos. J'amène une nouvelle proie au seigneur de la Guerre!

Liz prit l'air le plus ahuri possible, comme si elle avait été hypnotisée. Le Taureau la scruta attentivement, puis il leur fit signe.

— Par ici! leur dit-il.

Liz et son prétendu gardien le suivirent jusqu'à l'entrée de la ville. À mesure qu'ils avançaient, des fragments d'images perdues émergeaient dans l'esprit de Liz. Elle se rappela les palais dorés construits par Héphaïstos dans la nuit des temps, leurs jardins et leurs fontaines. Par flashs, elle revit l'Olympe qu'elle avait connue en tant qu'Artémis. Jusqu'à présent, aucune des trois filles ne s'était jamais souvenue d'éléments de leur passé de déesses.

Mais, désormais, les ravages de la guerre menée par Arès étaient visibles partout. Des feux brûlaient de toutes parts, et des plantes squelettiques s'enchevêtraient autour de fontaines en ruines complètement asséchées. Entre les palais décrépits patrouillaient des troupes d'horribles créatures semblables à des chacals à tête de démon. La cité des Dieux était devenue l'espace du Mal. Liz savait que tant que la Flamme d'Or ne serait pas ravivée l'Olympe continuerait à se dégrader, mais le gâchis qu'elle avait devant les yeux dépassait de beaucoup ses pires prévisions.

Soudain, elle fut entourée par une nuée de langues fourchues aux yeux de serpent.

Lucy posa ses griffes sur son épaule et la poussa en avant, en lui ordonnant de continuer. On aurait vraiment dit Drakos, en plus odieux que le vrai. Si Liz n'avait pas été au courant, elle aurait juré que c'était lui. Lorsqu'elles rentreraient chez elles, il faudrait absolument que Lucy se fasse engager par son père pour jouer dans une de ses émissions de télé. Si elles rentraient, bien sûr…

— Vous, les Lykaons, courez tout de suite à la tour Uranide ! ordonna le Gardien Taureau à la troupe de monstres. Annoncez au seigneur de la Guerre que Drakos lui amène une nouvelle prisonnière.

Liz fut soulagée. Si Arès se trouvait dans cette tour Uranide, elles auraient peut-être le temps de trouver Kim sans avoir à l'affronter.

— Et pas une prisonnière quelconque ! Je lui amène la déesse Artémis en personne !

Une partie des répugnantes créatures s'éloigna dans un murmure de crainte et d'admiration, tandis que les autres restaient massées autour de la prisonnière.

Le cortège mené par Drakos se dirigea vers le Dodékatheon, qui surplombait la ville de sa coupole tronquée. Liz devina que son amie avait eu la même idée qu'elle. Elles devaient profiter de l'absence d'Arès.

Deux nouveaux gardiens à tête de taureau leur barrèrent l'entrée du Temple en croisant leurs lances.

— Laissez entrer l'héroïque Drakos ! ordonna celui qui les accompagnait.

Dès qu'ils mirent les pieds dans le Temple, Liz fut prise de vertige. C'était là, dans ce lieu sacré, qu'elles avaient passé leurs derniers instants de déesses. La Flamme d'Or y brillait toujours, même si elle était moins vive qu'alors. Et autour d'elle se trouvaient les statues dans lesquelles Arès avait emprisonné les dieux qui étaient devenus ses ennemis.

Elle parcourut les statues des yeux tandis qu'ils se

dirigeaient vers le trône qui avait autrefois appartenu à Zeus. Elle reconnut Héphaïstos et son puissant marteau, Hermès aux souliers ailés, Déméter avec son sceau en forme d'épi, Poséidon et son trident, et…

Un doute atroce la saisit. Combien de statues y avait-il dans le Dodékatheon ?

Elles auraient dû être huit, et elles étaient neuf !

Celle qu'elle regardait maintenant avait le visage sillonné de gouttes étincelantes qui ressemblaient à des larmes. Une améthyste pendait à son oreille. On aurait vraiment dit…

— Kim ! s'écria une voix derrière elle.

Liz se retourna d'un bond. Derrière elle, ce n'était plus Drakos, mais Lucy. Elle s'était démasquée d'elle-même. En passant de monstre plein d'écailles à déesse de la Beauté en une demi-seconde.

Confuse, Lucy mit sa main devant sa bouche. Trop tard. La pierre d'Hermès ne la protégeait plus. Les Lykaons qui l'entouraient ne mirent qu'une seconde à flairer le piège, et ils poussèrent tous ensemble un grand cri de rage.

— Attrapez-les ! mugit le Gardien Taureau.

— Lucy, attention ! hurla Liz à son amie, qui semblait ne pas comprendre ce qui se passait et restait immobile, le regard fixé sur la turquoise d'Hermès qu'elle tenait à la main.

L'obsidienne de Liz devint incandescente et éclata en mille fragments qui allèrent aussitôt se recomposer en deux épées. Elle en empoigna une dans chaque main et les agita autour d'elle pour éloigner ses ennemis. Tous reculèrent.

Brusquement, le sol se mit à vibrer.

— Le seigneur de la Guerre arrive ! s'exclama le Taureau. Capturez ces intruses !

Profitant de cet instant de distraction, le Taureau asséna à Liz un puissant coup de lance et lui arracha l'une de ses épées.

La jeune fille la vit tournoyer dans l'air. Impossible de la récupérer ! Si seulement elle avait été capable de la rappeler à elle…

À peine avait-elle pensé à ça que l'épée inversa son mouvement et revint en tourbillonnant se placer dans sa main, juste à temps pour lui permettre de repousser le Taureau et ses acolytes, qui s'avançaient vers elle. Elle ne savait pas du tout comment elle avait fait, mais ce n'était pas le moment de se le demander.

Tout en tenant les Lykaons à distance et en protégeant Lucy de son corps, Liz recula vers la statue de

Kim. Les deux filles avaient le dos à découvert, mais elles n'avaient aucune autre issue. Utiliser leurs pierres pour regagner Rainbow Hill aurait signifié abandonner Kim. Combien de temps encore réussiraient-elles à repousser leurs ennemis ?

Le sol trembla à nouveau.

— ARÈS ENTRE DANS LE TEMPLE ! mugirent d'une seule voix les Gardiens Taureaux.

L'effrayante nouvelle résonna entre les murs du Dodékatheon.

— Lucy, invente quelque chose ! cria Liz en balayant deux Lycaons à la fois. Je ne résisterai plus longtemps, et nous ne sommes pas en état d'affronter Arès !

— Je... je suis désolée, balbutia Lucy.

Elle était paralysée, incapable de réagir.

— Ce n'est pas le moment de s'excuser ! hurla Liz, cernée par les ennemis. Invente quelque chose avant qu'Arès n'arrive !

Le sceau de Déméter

« Invente quelque chose avant qu'Arès n'arrive ! »

Comme si c'était facile ! Un Lycaon réussit à avancer jusqu'à Lucy, lui asséna un coup dans l'estomac et la souleva comme une vulgaire poupée de chiffon avant de la projeter à terre. Lucy sentit la pierre d'Hermès lui glisser des mains.

Tout ce désastre était sa faute.

La voyant au sol, son adversaire concentra son attention sur Liz. Elle aussi était sur le point de succomber à l'assaut continu des Lykaons. À chaque fois qu'elle en abattait deux, il en surgissait dix…

« Invente quelque chose avant qu'Arès n'arrive ! »

Les paroles de son amie résonnaient dans la tête de

Lucy. Inventer quelque chose... mais quoi ? Le génie de leur équipe n'était malheureusement pas disponible, il était enfermé dans un bloc de pierre...

Le désespoir lui fit monter les larmes aux yeux.

Kim était là, à un mètre d'elles, et elles ne savaient pas comment la libérer !

« Kim, aide-moi ! Dis-moi ce que je dois faire ! »

Cette prière avait surgi spontanément de l'intérieur d'elle-même, elle ne l'avait pas formulée consciemment, mais juste après il se passa quelque chose d'incroyable : Lucy était en train de fixer la statue de Kim, lorsqu'il lui sembla entrer soudain en contact avec son esprit. Elle sentit les pouvoirs de son amie se transférer subitement en elle, et elle en absorba le secret comme une éponge.

Un peu étourdie, elle se releva péniblement et ferma les yeux.

Lorsqu'elle les rouvrit, la scène avait changé.

Lucy avait le sentiment de voir avec les yeux de la statue. Elle se sentait comme à l'intérieur de l'esprit de Kim.

Autour d'elle, tout était devenu trouble et bougeait au ralenti. Tous les bruits avaient cessé. Liz faisait tournoyer ses épées en silence, avec des gestes harmonieux et puissants, fauchant un Lykaon après l'autre. Son amie se tourna très lentement vers elle et cria son nom, sans qu'aucun son ne parvienne à Lucy.

Il fallait faire vite. À présent qu'elle s'était approprié le génie de Kim, même si c'était seulement pour quelques instants, Lucy devait faire en sorte de raisonner comme elle. Qu'aurait-elle imaginé à sa place ?

En un « clic », elle trouva la réponse.

Le sceau de Déméter.

Le sceau… ?

Déméter, la déesse des Quatre Éléments, souveraine des forces naturelles. Peut-être que son pouvoir tirerait Kim de son sommeil de pierre…

Le long moment de ralenti prit fin comme il avait commencé. Lucy se remit à voir le monde à travers ses propres yeux et chaque chose reprit son rythme normal. D'un coup d'épée, Liz faucha une nouvelle rangée de Lykaons, tandis que le Taureau s'approchait d'elle d'un air menaçant.

C'était le moment d'agir. Maintenant ou jamais.

Lucy profita de la protection de Liz pour se frayer un passage et s'élancer vers la statue de Déméter. En la voyant faire, un Lykaon se jeta à sa rencontre. Lucy l'esquiva de justesse, et tendit désespérément la main pour toucher le cristal qui ornait la robe de Déméter.

Le cristal devint instantanément incandescent sous ses doigts et émit des lueurs jaunes. Lucy se concentra sur l'un des rayons de lumière et, pleine d'espoir, le dirigea vers son amie pétrifiée.

Le rayon toucha la pierre qui emprisonnait Kim, mais il ne se passa rien.

Cette fois, Lucy se sentit vaincue. Un Lykaon se précipita vers elle. Elle aurait pu tenter de l'éviter, mais elle n'avait plus la force de se battre. La monstrueuse créature la frappa violemment, et elle s'effondra sur le sol sans un cri, les yeux fixés sur la statue de son amie.

Mais, soudain, la statue se mit à bouger et vacilla sur son piédestal. Le gris de la pierre s'évanouit et les couleurs de la peau de Kim, de ses vêtements, de ses grands yeux bleus réapparurent. La vie avait recommencé à couler dans ses veines.

— Lucy... Liz... murmura-t-elle, remuant les lèvres avec difficulté.

Cette fois, Lucy trouva la force de réagir. Esquivant à la dernière seconde une nouvelle attaque de son adversaire, elle l'envoya s'écraser par terre.

— Kim! s'exclama-t-elle, folle de joie.

Elle vit son amie regarder autour d'elle, tandis que ses yeux étaient traversés par une puissante lumière violette :

Kim était sur le point d'invoquer la foudre. Un éclair se matérialisa et transperça le Taureau qui était en train de malmener Liz.

Le cri des gardiens retentit à nouveau.

— ARÈS EST LÀ !

Lucy regarda vers le trône. Un frisson de terreur la parcourut : le seigneur de la Guerre était dans le Dodékatheon. Sa terrible silhouette se découpait déjà derrière la foule de leurs ennemis.

— Comment avez-vous osé ? tonna le dieu. Vous, traîtresses, vous avez violé le Temple sacré !

Arès leva son épée vers le ciel pourpre et la pointa sur les jeunes filles en poussant un cri effroyable. Aussitôt, un cyclone surgi du néant se déchaîna à l'intérieur du Temple. Tous les êtres vivants furent aspirés à l'intérieur. Lucy, Liz et Kim, les Taureaux, tous furent projetés dans les airs en même temps qu'une dizaine de Lykaons.

— Liz, Kim ! cria Lucy à ses amies, avant de les perdre de vue. Les pierres, touchez vos pierres !

Espérant qu'elles l'aient entendue au milieu de ce tourbillon infernal, elle serra son collier entre ses doigts.

Puis elle se sentit tomber.

Plus jamais

Kim se retrouva allongée sur le ventre dans la réserve du Bazar des Rêves. Elle avait l'impression d'être tombée d'une hauteur vertigineuse.

— Kim ! s'exclama Lucy, à quelques mètres d'elle.

Elle s'approcha en rampant de son amie.

— Comment te sens-tu ?

— Entière et vivante ! Et ça fait vraiment du bien !

Elles se serrèrent dans les bras l'une de l'autre.

— Eh, vous deux, attendez-moi ! cria Liz en émergeant de derrière la table.

Les trois amies s'enlacèrent et restèrent quelques instants immobiles. Puis Kim leur raconta brièvement ce qui lui était arrivé, en omettant d'évoquer le rêve que lui avait envoyé Morphée.

— J'étais sûre que vous viendriez... conclut-elle. Je vous serai éternellement redevable.

— On trouvera bien un moyen de te faire payer ça... et sans aucune réduction ! la menaça Liz avec un sourire. Puis elle lui raconta comment elles avaient fait pour arriver jusqu'à elle.

— Dans un sens, tu t'es libérée toute seule, ajouta Lucy. Ne me demande pas comment j'ai fait, mais, dans le Dodékatheon, je suis entrée dans ton cerveau !

— Dit comme ça, ça paraît vraiment dégoûtant ! plaisanta Kim.

— Alors disons que je t'ai emprunté l'un de tes « clics », corrigea Lucy.

— Et moi, j'ai réussi à récupérer mon arme par la seule force de ma pensée. J'ai aussi revu d'étranges images de mon passé dans l'Olympe, je crois. Cela ne m'était jamais arrivé avant, ajouta Liz.

— Quant à moi, j'ai compris que je pouvais utiliser les pouvoirs des êtres les plus horribles qui soient. Et ceux qui sont enfermés dans les pierres de tous les autres dieux. Mais j'ai perdu la pierre d'Hermès, confessa Lucy.

— Nous avons toujours les nôtres, lui dit Kim pour la réconforter.

Mais elle-même se sentait coupable d'avoir perdu l'anneau d'Héphaïstos. Jared lui avait recommandé de le conserver et, au lieu de ça, elle se l'était laissé prendre.

Les trois filles portèrent instinctivement la main à leurs pierres, comme pour vérifier qu'elles étaient bien à leur place.

— En tout cas, c'est toi qui avais raison. Nos pouvoirs sont de plus en plus forts, dit Liz.

— Mais nous devons apprendre à mieux les maîtriser, admit Lucy.

Elles s'enlacèrent de nouveau.

— La chose qui me préoccupe le plus, reprit Kim, c'est ce que vous m'avez dit à propos de la Sinfalide, sur le fait que la fissure était en train de se refermer.

— Toujours à cause de cette sale bête d'Arès, gémit Lucy.

Kim frissonna en entendant prononcer ce nom. Maintenant qu'elle l'avait vu, elle se rendait vraiment compte de la méchanceté et de la cruauté du seigneur de la Guerre. Tôt ou tard, elles devraient l'affronter.

— Vous savez, pendant que j'étais sa prisonnière, j'ai eu tout le temps de penser à notre stupide attitude de ces derniers temps, poursuivit-elle. Si nous avions été plus unies, les choses se seraient passées autrement.

— Tu marques encore un point, dit Liz. Il est clair que nous avions baissé la garde, et nous nous sommes laissé surprendre.

— Et nous nous sommes compliqué la vie avec des bêtises. Cela ne se reproduira pas, renchérit Lucy.

Puis elle ajouta d'un air malicieux, à l'adresse de Liz :

— Mais tu avais vraiment l'air jalouse de Matt…

— Qu'est-ce que tu racontes ? repartit aussitôt Liz. Pour moi, c'est seulement un grand frère.

— Alors ça ne t'embête pas si je me débrouille pour qu'il m'invite un de ces jours ?

— Du moment que ce n'est pas pendant l'entraînement ! Ou plutôt, vu qu'à présent il aime tellement s'entraîner avec Sasha, arrange-toi pour que ce soit justement à l'heure de l'entraînement ! En tout cas, je suis toujours convaincue que Mister Sourire-en-Coin est un hypocrite. Mais Matt est assez grand pour s'en apercevoir tout seul.

— Pauvre Sasha, il n'est vraiment pas ton genre, dit Lucy. Kim, tu sais que Liz a voulu le massacrer à coups de bâton hier ? Si Matt et moi n'étions pas intervenus… Tu aurais dû voir la tête de Sasha, il était livide !

— Qu'est-ce qui t'a pris, Liz ? demanda Kim en riant.

— Je ne l'ai toujours pas compris, répondit Liz en rougissant légèrement. J'ai laissé parler mon instinct et ça a été une catastrophe !

— J'ai l'impression que ça a failli en être une surtout pour Sasha ! dit Kim.

— En même temps, personne ne sait mieux que nous que la première impression n'est pas toujours la bonne, dit Lucy. La première fois que nous nous sommes rencontrées, rappelez-vous, on ne peut pas dire que ça ait été le coup de foudre…

— C'est vrai, vous me trouviez plutôt « pas sympa » ! dit Liz en riant.

Après avoir échappé au pire, Kim appréciait chaque plaisanterie et chaque éclat de rire partagés avec ses amies. Mais, tout en savourant cette merveilleuse normalité, une partie de son cerveau continuait à réfléchir à ce qu'elle avait découvert sur Morphée et à se demander où il pouvait être.

— Je ne vous ai pas encore dit tout ce qui s'est passé lorsque j'étais transformée en statue, commença-t-elle, sentant que le moment était venu.

Mais, à cet instant, Lucy étouffa un cri.

— Regardez ! murmura-t-elle.

Kim sursauta. Lucy montrait du doigt une pile d'objets entassés dans un coin sombre de la réserve. Quelque chose était en train de bouger juste au milieu.

Les trois filles se regardèrent, indécises. Liz, dans un geste, leur fit comprendre qu'il fallait aller voir.

— Une minute, murmura Lucy en attrapant quelque chose.

Kim reconnut la poêle qu'elle avait utilisée le matin même.

— Elle a déjà fait ses preuves, ajouta Lucy en empoignant solidement son arme.

Les trois filles avancèrent prudemment en direction des objets. Il y avait bien quelque chose là-dessous : on entendait des gémissements qui ne laissaient aucun doute.

Les trois amies encerclèrent courageusement le bric-à-brac. Les bruits venaient d'un gros carton au bas de la pile. Liz tendit la main vers l'objet. Lucy serra sa poêle. Et Kim donna le signal.

— Yong ! hurla Kim, à peine le couvercle soulevé.

Son frère se trouvait à l'intérieur.

Lucy s'était arrêtée juste avant de lui asséner un monumental coup de poêle.

— C'est vrai que les frères sont casse-pieds, mais comment avons-nous pu oublier de le chercher ? murmura-t-elle à Kim.

— Qu'est-ce que vous faites avec cette poêle ? demanda Yong en émergeant de la caisse. Vous êtes sûres que tout va bien dans votre tête ?

— Aussi bien que dans celle d'un garçon qui dort dans un carton, tu veux dire ? répliqua Lucy.

— J'ai dû m'assoupir... bredouilla Yong en regardant autour de lui d'un air étonné. Mais heu... qu'est-ce que je faisais là-dedans ?

Kim se retint d'éclater de rire. Ses deux amies avaient elles aussi du mal à rester sérieuses.

— Drakos nous a dit qu'il l'avait endormi pour prendre sa place, rappela Liz à Kim.

— Comment te sens-tu, Yong ? demanda la jeune fille à son frère, tout en l'aidant à sortir du carton.

— Un peu bizarre, répondit-il. Et mort de faim ! J'ai l'impression de ne pas avoir mangé depuis deux jours. Je vais tout de suite me faire un sandwich géant ! ajouta-t-il en se dirigeant vers la porte.

— Les filles, où est mon Mercure 3000 ? demanda Kim à voix basse.

Le pouvoir des rêves

— C'est moi qui l'ai. Le voilà, dit Liz en lui tendant son superportable.

— Attends un peu que je te filme ! hurla Kim en le braquant sur son frère. Tu as une de ces têtes...

Le jeune garçon se retourna, l'air de plus en plus perplexe.

— Je me suis peut-être endormi dans un carton, mais toi, ça ne va pas très bien non plus ! commenta-t-il en se tapotant le front avant de disparaître.

— Alors ? demanda Lucy à Kim.

— Tout est okay, sourit son amie en montrant le visage hagard de son frère sur l'écran de son Mercure. Cette fois, c'est vraiment lui !

— Mince, il est déjà cinq heures ! fit Liz en regardant soudain l'heure. Quand rentrent tes parents ?

— Aïe ! Ma mère a dit qu'ils arriveraient vers six heures ! s'écria Kim. Ça veut dire qu'à cinq heures et cinquante-neuf minutes la voiture s'arrêtera devant le magasin ! Mes parents sont les personnes les plus affreusement ponctuelles que j'aie jamais vues ! Et regardez-moi ce désastre ! Non seulement je suis en retard, mais il y a plus de bazar qu'avant ! Comment vais-je expliquer à ma mère que j'ai gâché ma seule journée de rangement...

— Pas de panique, fit Lucy.

Liz prit les choses en main.

— Commençons par tout remettre en place avant que tes parents n'arrivent, au moins pour sauver les apparences, dit-elle d'un ton ferme. On s'occupera du reste dans les jours à venir.

— Elle a raison, poursuivi Lucy. Si on a réussi à te tirer des griffes d'Arès, on devrait s'en sortir avec tes parents ! Et, après ce qui nous est arrivé aujourd'hui, ranger la réserve sera un vrai divertissement.

Kim songea qu'en effet, une demi-heure plus tôt, la situation était bien plus dramatique.

— Au fait, tu n'avais pas un truc à nous dire ? demanda Liz en ramassant un ventilateur à hélices fluorescentes.

Kim s'apprêtait à répondre, lorsque Lucy actionna par mégarde le nez lumineux d'un troll qui émit aussitôt un air de country.

— Je jure que je ne l'ai pas fait exprès ! s'exclama-t-elle.

— Je sais ! dit Kim en riant. Pour l'arrêter, donne-lui un coup sur la tête.

— Je t'ai posé une question, insista Liz, après que Lucy eut fait taire le troll.

— Ah oui !... Ce n'est rien d'important. On en parlera

tranquillement demain, répondit Kim. Pour l'instant, occupons-nous plutôt de ce bazar.

Aucune de ses deux amies n'insista plus, mais Kim sentit qu'elles l'observaient.

Nouvelles tensions

Kim sortit du lycée au même moment que Lucy. Mme Collins n'avait pas arrêté de lui lancer des petites piques à propos de sa feuille d'interro restée blanche, mais Kim avait bien trop de choses en tête pour s'en soucier. La première personne qu'elle vit dans la cour fut Liz, qui tournait nerveusement autour d'un arbre.

— Elle a sa tête des mauvais jours, commenta Lucy.

— Sa tête des plus mauvais jours, je dirais, ajouta Kim.

— Qu'est-ce qu'on disait de la première impression qu'on se fait au sujet d'une personne ? éclata Liz dès qu'elles arrivèrent près d'elle. Eh bien, on peut se tromper aussi à la deuxième, à la troisième ou à la cent vingt-cinq mille et unième fois !

Kim et Lucy se regardèrent d'un air entendu.

— Tu parles de Matt ? demanda Lucy.

— Je ne veux plus entendre prononcer son nom ! rétorqua Liz. À partir de maintenant, je le considère comme un crétin absolu, complètement hypnotisé par son petit préféré, le bien nommé Mister Sourire-en-Coin !

— Qu'est-ce qu'il a encore fait ? lui demanda Lucy.

Liz marmonna quelque chose d'incompréhensible, mais ses deux amies comprirent que ce n'était pas des compliments.

— Quand tu bougonnes comme ça, on n'y comprend rien, dit Kim le plus gentiment possible.

Ce n'était vraiment pas le moment d'énerver davantage Liz.

— Il n'y a rien à dire. Je ne veux plus entendre parler de lui, c'est tout, coupa Liz. D'abord, je l'ai attendu ici, à la sortie. Je voulais lui proposer d'aller au cinéma cet après-midi, comme ça j'aurais pu m'expliquer à propos de Sasha. Je ne voulais pas qu'il n'ait qu'une seule version. Il arrive, il me tourne le dos, et il va droit vers son nouveau pote, Mister Sasha, qui l'attend de l'autre côté de la rue, un sourire accroché sur sa tête de fouine.

« Elle a prononcé tous ces mots en moins de trente secondes, pensa Kim. Un record pour Liz. »

— Je ne peux pas le croire, commenta Lucy. Nous parlons bien de *notre* Matt… enfin, du crétin absolu que nous connaissons toutes ?

— Si tu veux sortir avec quelqu'un, je te le déconseille absolument, répondit Liz en faisant la moue. Une seule imbécile sur trois, ça suffit bien… Imaginez un peu : j'ai été assez stupide pour croire que Matt ne m'avait pas vue, ou qu'il était pris dans ses pensées. Je lui cours après. Il se retourne d'un air excédé et me lance des reproches. que j'ai voulu me venger de Sasha parce qu'il m'a ridiculisée au gymnase, que je suis jalouse parce qu'il est plus fort que moi… Et, pendant tout ce temps, Mister Sourire-en-Coin nous regardait en ricanant. Vous n'imaginez pas ce que j'aurais donné pour lui faire passer l'envie de rire !

Elle s'arrêta pour reprendre son souffle.

— Pour finir, je suis restée là, bouche bée, pendant qu'il s'en allait.

— Tu parles d'un ami ! s'exclama Lucy en s'échauffant à son tour. Il est peut-être mignon, mais en fait lui non plus n'est pas sympa. Immature, stupide, et orgueilleux en plus… comme tous les garçons, d'ailleurs. Pourquoi est-ce que nous perdons notre temps avec des types pareils, je vous le demande !

— Pas *tous* les garçons, quand même, intervint Kim, toujours diplomate.

— Ah non ? Vas-y, cite-moi des noms.

Kim réfléchit un instant. À ce moment précis, Jérémy Adsbury, qui se prenait pour le plus beau gars du lycée, passa devant elles en frimant.

— Eh, les filles ! leur lança-t-il. Aujourd'hui, je joue au palais des sports. Si vous voulez venir me voir…

— Merci, Jérémy, mais on préfère encore s'ennuyer à mourir entre nous, le rembarra Lucy avec un sourire suave qui détonnait avec ses paroles.

Jérémy fit la grimace. Il avait parfaitement compris la plaisanterie… Pas si mal, venant de lui ! Peut-être qu'il était en train d'évoluer, finalement… Il s'éloigna en essayant de sourire malgré tout.

— Qu'est-ce qu'on disait à propos des garçons ? plaisanta Lucy en faisant un clin d'œil à Kim. J'attends toujours des noms !

Liz continuait à bougonner.

— Vous savez quoi ? intervint Lucy. Nous pouvons

très bien nous passer d'eux. Pour faire les pieds à Matt et à ses potes, je vous propose d'aller voir un bon film au ciné, avec en prime des tonnes de chips et des litres de Coca ! Comme ça, on fêtera aussi ton retour parmi nous, Kim, après tes épreuves sur l'Olympe !

— Hum, je crois que je devrais plutôt bosser dans la réserve, objecta Kim, même si l'idée la tentait beaucoup. Si j'oblige ma mère à employer quelqu'un pour tout débarrasser, il faudra que je travaille toute ma vie pour la rembourser. Depuis hier soir, elle n'a pas dit un mot sur cette affaire, ce qui veut dire qu'elle est méga-énervée, je la connais.

— On ira chez toi directement après le ciné et on s'y mettra sérieusement, suggéra Liz.

La proposition de Lucy l'avait remise en forme.

— Alors okay ! approuva Lucy, décidant seule pour le groupe.

Kim la laissa faire, parce qu'au fond elle préférait nettement ce programme. Quelques heures au calme leur feraient du bien à toutes les trois. Et puis, peut-être qu'elle trouverait enfin le moment adapté pour parler de ce qui lui tenait le plus à cœur.

Jared.

Adieu, les pouvoirs

Lorsqu'elles sortirent du cinéma, en fin d'après-midi, elles étaient littéralement repues de chips et de pop-corn.

— Absolument fa-bu-leux! s'exclama Lucy, émue et enthousiaste. Leth Garfan est l'acteur le plus incroyablement fascinant que j'ai jamais vu!

— Mon coiffeur joue mieux que lui, rétorqua Kim.

Liz, elle, était carrément déçue.

— La prochaine fois, tu ne nous auras pas, Lucy, grogna-t-elle. Ce film est bourré de niaiseries arrosées de sucre et de miel!

— Un peu de romantisme, voyons, Liz! reprit Lucy. Moi, je suis capable de pleurer devant le même film dix fois de suite. D'ailleurs, Kim aussi a pleurniché. Ne dis pas non, Kim, je t'ai entendue!

— J'avoue, admit son amie en riant. Mais ce n'était pas à cause du film. C'est juste qu'il m'a fait penser à des trucs...

Lucy s'arrêta tout à coup, au beau milieu du trottoir.

— À Jared? lui demanda-t-elle d'un air sérieux.

— Tu l'avais compris? murmura Kim après un silence.

— Je vais te dire quelque chose : tu es géniale, mais vraiment nulle quand il s'agit de cacher ce que tu as dans la tête. En tout cas, avec moi ça ne prend pas!

— Il y a un tas de choses que je dois vous raconter. Et je vous dois aussi des excuses...

— Tu ne nous dois rien, intervint Liz.

— C'est que j'ai l'impression de vous avoir menti, et je n'aime pas ça, dit Kim.

— Ne pas dire quelque chose, ce n'est pas mentir. Et c'est une pro du mensonge qui te le dit! ajouta Lucy en clignant de l'œil. Tout ce que tu as réussi à faire, c'est éveiller notre curiosité.

— À partir d'aujourd'hui, les choses vont changer! affirma Kim. Ce qui s'est passé doit nous apprendre à tout partager. Je ne veux plus garder ce secret pour moi.

Le pouvoir des rêves

— Allons en parler chez Fatty Sam ! proposa résolument Lucy. On s'assoit le temps qu'il faut, et après on fonce à la réserve.

Fatty Sam était le propriétaire du café où se retrouvaient les jeunes du lycée. Cet après-midi-là, comme d'habitude, l'établissement était archiplein, et la musique poussée à plein volume.

— Qu'est-ce que je vous sers, les filles ? demanda Fatty en essuyant des verres derrière son comptoir.

C'était un type costaud, avec de grosses moustaches.

— Trois milk-shakes avec tous les ingrédients qui te passeront par la tête, commanda Lucy. Aujourd'hui, on se lâche !

— Allez vous asseoir, je vous les apporte.

— Attends, Lucy, murmura Kim à l'oreille de son amie. Avec ce que j'ai en poche, je ne peux m'offrir qu'une petite glace.

— La fête est en ton honneur, alors préoccupe-toi seulement de t'amuser !

Les trois filles s'installèrent à une table à l'écart, où la musique était un peu moins forte. Le reste du bar était presque entièrement pleuplé d'élèves de leurs classes, ainsi que de nombreux terminales.

— On devrait venir ici plus souvent ! commenta Lucy en regardant autour d'elle avec intérêt. C'est un excellent poste d'observation.

— Et moi, je ne veux plus jamais y mettre les pieds ! s'exclama brusquement Liz. Crétin absolu droit devant !

Matt venait d'entrer dans le bar avec un groupe d'amis. Il jeta un coup d'œil dans leur direction et continua tout droit, mais il était évident qu'il les avait vues.

— C'est vraiment un gros mal élevé ! s'enflamma Lucy.

— Laisse tomber. Il ne mérite pas que nous fassions attention à lui, dit Liz, visiblement mortifiée.

Mais Lucy voyait rouge, et elle partit à l'attaque.

— Lucy, non ! essaya de l'arrêter Liz.

Trop tard.

— Lucy, je vous apporte vos milk… dit Fatty Sam en la croisant, son plateau à la main.

— Plus tard, plus tard ! lâcha-t-elle sans s'arrêter. Je dois d'abord m'occuper de quelqu'un qui a besoin d'une bonne leçon !

Matt était encore à la recherche d'une table. Lucy lui tapota l'épaule.

— Tu m'accordes une audience ou tu es débordé ? demanda-t-elle sur un ton sarcastique.

Le pouvoir des rêves

— Salut, Lucy, dit Matt sans se décomposer.

— Je t'arrête tout de suite, n'essaie pas de me raconter que tu ne m'avais pas vue !

— Non, non, je t'avais vue, répliqua-t-il. C'est que je n'avais pas envie de parler à Liz.

— Vive la sincérité ! éclata Lucy. Les gars, vous ne vous vexerez pas si je vous l'enlève une minute, n'est-ce pas ?

Elle prit Matt par le bras et l'entraîna vers la cabine téléphonique du bar.

— Tu as vraiment du culot de parler comme ça de Liz ! explosa-t-elle. Est-ce que tu imagines seulement à quel point elle vit mal ta façon de la traiter ?

— Elle aurait dû y penser avant d'agresser mon ami.

— Tu parles de Sasha ? Mais tu le connais à peine ! Alors que Liz est ton amie depuis toujours !

— Je sais reconnaître mes vrais amis. Sasha m'a même offert un porte-bonheur pour les compétitions. Liz, elle, n'a jamais fait une chose pareille, parce qu'elle ne pense qu'à elle.

— Tu es injuste, répliqua Lucy, vexée. Liz est l'une des personnes les plus généreuses que je connaisse.

— Elle a beaucoup changé depuis que Sasha est

arrivé au gymnase. En pire. D'ailleurs, je ne la reconnais plus.

— Je pourrais dire la même chose de toi.

Lucy l'observa attentivement. Liz avait raison : il avait l'air hypnotisé.

— Alors tu ne veux pas faire la paix avec elle ?

— Faire la paix ? Il faudrait d'abord qu'elle présente des excuses à Sasha. Et à moi aussi.

Lucy prit alors une décision extrême. Après tout, aux grands maux les grands remèdes.

— Okay, tu l'auras voulu, dit-elle en battant fortement des cils, tandis qu'une immense chaleur envahissait son corps. Maintenant, tu vas voir Liz et tu lui dis que c'était un malentendu. Vous vous serrez la main et vous redevenez amis, comme avant.

— C'est hors de question ! répliqua Matt sans bouger un muscle.

Lucy n'en revenait pas. Qu'est-ce qui n'avait pas marché ? Elle ne s'était pas assez concentrée ?

— Je vais te le répéter plus clairement, dit-elle. Regarde-moi bien dans les yeux !

— À dire vrai, je te regardais déjà avant.

— Eh bien, c'est parfait.

Elle battit des cils encore plus intensément.

— Matt, à partir de maintenant, tu seras gentil et doux avec Liz comme avant, parce qu'elle est ta meilleure amie.

— Je ne suis pas sourd, Lucy, mais elle s'est trop mal comportée. Il y a autre chose ? Parce que sinon j'aimerais bien aller m'asseoir.

Lucy agita la tête de droite à gauche comme un automate. Il n'y avait rien d'autre. Seulement un horrible constat.

Elle avait perdu ses pouvoirs !

Trois mots

Kim lut tout de suite sur le visage de Lucy que quelque chose allait de travers.

— Tu as aggravé les choses ? lui demanda-t-elle affectueusement.

— Pire que ça ! se lamenta son amie en s'asseyant.

Elle avala d'une traite la moitié de son milk-shake.

— Tenez-vous bien, les filles, mes pouvoirs ne fonctionnent plus !

— Comment ça ? s'alarma Liz. Ne me dis pas que tu voulais les utiliser contre le crétin absolu !

— Je le faisais pour toi, mais de toute façon ça n'a servi à rien. J'aurais pu battre des cils sept cents fois

Le pouvoir des rêves

que... Vous croyez que je ne suis plus une déesse ? demanda Lucy d'un air abattu.

— Essaie de voir ça sous un autre angle, intervint Kim. Peut-être que c'est Matt qui débloque.

— Ben, en tout cas, Liz avait raison. Tu parles d'un air hypnotisé : il a les yeux écarquillés d'un vrai zombie !

— Sasha a une mauvaise influence sur lui, maugréa Liz. Je vous l'ai répété cent fois, mais vous n'avez pas voulu me croire.

— Avoir de mauvaises fréquentations est une chose, se défendit Kim, être un émissaire d'Arès comme tu le soutenais en est une autre. Et tu as déjà admis que tu t'étais trompée. En tout cas, j'aimerais bien le rencontrer, ce type.

— Tu ne perds rien à ne pas le connaître, crois-moi. J'ai perdu un ami. Heureusement que vous êtes là !

— Allons, dit Kim en lui tapotant gentiment le bras.

C'est alors que surgit l'affreux Fred Rinoir.

— Kim ! Notre reine des copies blanches ! s'exclama-t-il.

Lucy réagit comme un ressort.

— Fred, c'est vraiment pas le moment !

Et, sans y faire attention, elle battit des cils dans sa direction.

— Pourquoi est-ce que tu ne vas pas nous oublier au comptoir ?

— Bonne idée, Lucy, j'y vais tout de suite, dit Fred, le regard soudain embrumé. Et il se précipita vers l'entrée du bar.

Les trois filles étaient stupéfaites.

— Mais alors, ça marche ! murmura Lucy, incrédule. Je n'ai pas perdu mes pouvoirs !

— Tu as seulement un problème avec Matt, constata Kim. Et pourtant, nous savons que ça a déjà fonctionné avec lui. C'est comme s'il était soudain immunisé…

— Et si tu avais raison, Liz ? Si Sasha était vraiment pour quelque chose dans cette histoire ?

— Moi, je ne dis plus rien. Vous m'avez prise pour une folle quand j'ai insinué ça !

— Il peut y avoir mille explications, observa Kim. Il faudrait que nous puissions parler un peu avec Matt, mais s'il est inapprochable… L'important, c'est que tes pouvoirs fonctionnent.

— Et le garçon de votre classe ? Vous avez l'intention de le laisser au comptoir toute sa vie ?

— Toute sa vie, non, mais au moins tant que nous resterons ici, répondit Lucy en riant. À propos, Kim, nous ne sommes pas venues ici pour une raison précise ?

Kim sourit et s'accorda un instant pour surmonter son embarras. Le moment était venu pour elle de se libérer d'un poids.

— Ces derniers temps, j'ai dû vous sembler un peu bizarre, commença-t-elle. Enfin, plus que d'habitude, je veux dire, se corrigea-t-elle en regardant Lucy. La vraie raison, c'est que je pensais sans arrêt à Jared. Ou plutôt je n'ai jamais cessé de penser à lui depuis la première fois que je l'ai vu. Mais je suppose que vous aviez déjà compris tout ça...

— Continue, l'encouragea Lucy.

Kim leur raconta qu'elle avait eu la sensation que Jared avait quelque chose de spécial dès le premier jour où il l'avait contactée. C'était une sensation merveilleuse qu'elle n'avait jamais éprouvée et qui la terrorisait. Mais, après leur avoir révélé le secret de leur nature divine, le jeune homme semblait avoir disparu.

***

— Je n'ai pas arrêté de fixer l'écran de mon Mercure 3000 en espérant qu'il réapparaisse... soupira Kim.

— Je m'en étais aperçue, murmura Lucy.

— Quand les rêves dont je vous ai parlé l'autre jour ont commencé, poursuivit Kim, j'étais persuadée que c'était lui qui me les envoyait. Et en effet, lorsque j'étais prisonnière dans le Dodékatheon, Jared est venu à mon aide et il m'a parlé.

— Kim, tu étais une statue de pierre ! lui fit remarqua Lucy.

— Oui, je sais, mais ce rêve qui s'interrompait sans cesse sur Terre s'est enfin achevé sur l'Olympe, répondit-elle.

— Et tu en conclus… ? demanda Liz.

— Eh bien, pour commencer, maintenant j'ai la certitude que Jared est Morphée, de la même façon que nous sommes Athéna, Aphrodite et Artémis, dit Kim à voix basse.

— Comme tu en avais eu l'intuition la première fois que nous sommes allées sur l'Olympe, commenta Lucy.

— Mais il y a beaucoup plus. Arès a condamné Jared à l'exil éternel et, pour éviter que le seigneur de la Guerre ne s'empare de son pouvoir, il a préféré s'en séparer et le cacher quelque part en lieu sûr. Et c'est à moi qu'il l'a confié.

Elle avait débité son explication à toute vitesse.

Le pouvoir des rêves

— Lorsqu'il me l'a révélé en rêve, j'ai fait un serment, ajouta-t-elle à voix basse.

— Quel serment ? s'enquit Lucy, soucieuse.

— J'ai juré de ne pas l'abandonner. Je sauverai Jared, quel que soit l'endroit où il se trouve. Et je lui rendrai son pouvoir, le pouvoir des rêves.

Lucy et Liz se regardèrent.

— Et où as-tu dit que se trouvait ce pouvoir des rêves ? lui demanda Lucy. Ça a l'air beau, j'aimerais bien l'essayer.

— Je n'en sais rien, répondit Kim. Jared a mentionné un lieu sur la Terre, sans plus de précisions.

— Alors ça peut être n'importe où, observa Liz. Et Arès essaie probablement lui aussi de s'en emparer.

— Jared a dit que j'étais la seule à pouvoir le trouver, mais je ne sais pas ce qu'il entendait par là, répondit Kim. La seule chose que je sais, c'est que je dois réussir au plus vite. Il n'a que moi sur qui compter.

— Que *nous*, la corrigea Lucy. Parce que Liz et moi, nous allons t'aider, c'est évident !

— D'autant que c'est une petite affaire de rien du tout, ajouta Liz. On déniche un objet mystérieux caché on ne sait où sur Terre, puis on court libérer quelqu'un au fin fond de l'Olympe…

— Pas *quelqu'un*, la reprit Kim. Jared.

Lucy lui adressa un regard plein de tendresse et de compréhension.

— Tout ça t'angoisse beaucoup ?

Kim hésita un instant. Il y avait une phrase qu'elle n'avait pas encore réussi à prononcer. Quelque chose l'en avait empêchée jusque-là, mais cela ne lui semblait plus si important. À présent, tout était absolument clair dans son cœur et dans son esprit.

— Je l'aime, répondit-elle.

Voilà, elle l'avait dit. Ce n'était pas si terrible, finalement.

— Depuis toujours, ajouta-t-elle. Et pour toujours.

Ses amies restèrent un moment silencieuses. Liz baissa les yeux, et Lucy était visiblement émue.

Soudain, Kim entendit quelque chose.

— Vous l'entendez aussi ? demanda-t-elle.

— Tu parles de la musique, des rires, des gens qui discutent ou de la machine à café ? répliqua Lucy.

— De ce petit bip, répondit Kim, qui entendait clairement un bruit : *pling, pling…*

— C'est le Mercure 3000 ! s'écria Liz en indiquant l'appareil posé sur la table.

Kim tressaillit. Son portable était allumé et c'était lui qui émettait ce son intermittent.

— Du calme, ce n'est peut-être qu'un message, intervint Lucy. Ou alors tu as appuyé sur une touche par erreur.

— Je n'ai appuyé sur aucune touche, je ne l'ai même pas effleuré, répliqua Kim, incapable de se dominer. Ça a sûrement à voir avec Jared et avec ce que je viens de vous dire ! Mon Mercure n'a jamais fait ce bruit !

— Eh ! Il y a un truc à voir ! s'exclama Liz en montrant l'écran.

Kim posa son téléphone au milieu de la table, et les trois filles s'approchèrent pour regarder. Sur l'écran était apparue une carte géographique. Et sur un point de cette carte clignotait un petit cercle lumineux.

Pling, pling, pling...

— Mais c'est ton GP-truc ! s'exclama Lucy.

— Oui, c'est bien le GPS, confirma Kim. Le navigateur s'est activé tout seul. Mais ce cercle n'est pas le signal habituel... On dirait un animal... une tête de chouette ! Le symbole d'Athéna ! expliqua Kim, surexcitée. Peut-être qu'il est en train de nous indiquer où se trouve le pouvoir des rêves ! En suivant ce signal, nous devrions parvenir à l'endroit où Jared l'a caché !

— Ce gadget est vraiment magique ! s'exclama Lucy.

— Ne nous emballons pas, observa Liz, raisonnable. Zoome un peu, comme ça nous verrons précisément ce qu'il indique.

Kim actionna le zoom et la zone comprise dans le cercle s'élargit. Peu à peu, les noms des localités devinrent plus lisibles.

— Voilà, maintenant on voit mieux, dit Liz.

Elles lurent ensemble le nom du lieu indiqué par le symbole lumineux.

Blustery Hill

Kim et Lucy regardèrent Liz exactement au même instant.

Leur amie avait pâli.

Mensonges du troisième type

Il faut te décider, Kim, dit Lucy, en étalant un masque au miel sur son visage devant le miroir de la salle de bains.

Elle était au téléphone avec son amie depuis une demi-heure, haut-parleur activé. Les trois filles devaient obtenir de leurs parents l'autorisation d'aller à Blustery Hill, mais Kim était en plein dilemme. Elle voulait à tout prix y aller, mais elle souhaitait aussi tenir son engagement vis-à-vis de sa mère.

Parfois, Kim se compliquait tellement la vie à force de retourner les choses dans tous les sens que Lucy devait intervenir.

— Comment expliquer à ma mère que je laisse tout

tomber pour aller faire une excursion dans les bois ? gémissait-elle.

— Il suffit de trouver une bonne excuse, répliqua Lucy. On peut dire que c'est pour le lycée, qu'on doit ramasser des feuilles pour un exposé, par exemple… En ce qui concerne le rangement de la réserve, ne t'inquiète pas, on a déjà bien avancé, finalement.

— Tu ne crois pas que c'est un peu faible, comme excuse ? C'est à l'école primaire qu'on ramasse des feuilles ! objecta Kim.

— Oh… tu as le don de compliquer les choses. Pourquoi est-ce qu'on ne dit pas que c'est pour ce concours, alors ? Celui qu'on a vu annoncé au centre commercial ? On va au parc, on prend quelques photos, et le tour est joué !

— Ça, c'est déjà mieux, fit Kim. Mais ça me gêne de mentir…

— Écoute, les mensonges ne sont pas tous graves. Et je suis une autorité en la matière, ajouta Lucy avec une pointe d'orgueil dans la voix. D'après moi, il y en a trois sortes.

— Ah oui ? Lesquelles ? demanda Kim, sceptique.

— Il y a ceux qu'on fait pour de bonnes raisons, mais qui font du mal à quelqu'un ou qui trahissent la

Le pouvoir des rêves

confiance de nos parents ou de nos amis. Ça, c'est le premier type.

— Comme si je disais à mes parents que je dors chez toi et qu'au lieu de ça je passe la nuit en discothèque ?

— Exactement. On ne peut pas s'en servir souvent, parce qu'ils donnent mauvaise conscience. Ensuite, il y a les mensonges gratuits. Ce sont ceux qu'on dit comme ça, mais qui ne font de mal à personne. C'est le deuxième type.

— Comme si ta tante appelait pour t'inviter à l'anniversaire de ta cousine Mélissa la casse-pieds et que tu répondais que malheureusement tu dois réviser pour un contrôle, plaisanta Kim.

— Tu as tout compris ! répondit Lucy en riant. Un petit mensonge totalement innocent, qui a pour seul but de t'éviter un après-midi d'ennui mortel. Mieux vaut ne pas en abuser pour qu'ils restent crédibles, mais à petite dose ils sont tolérés.

— Et le dernier type ? demanda Kim, intriguée.

— Le troisième type de mensonge, c'est celui qu'on raconte pour une raison très sérieuse sans faire de mal à qui que ce soit. Dans certains cas exceptionnels, il n'y a pas le choix.

— Des mensonges nécessaires et indolores, c'est bien ça ? raisonna Kim.

— Tout à fait. Prenons ton cas : tu veux aller à Blustery Hill pour aider Jared, ce qui est une excellente raison, mais, bien sûr, tu ne peux pas l'avouer à tes parents. Si tu leur dis que tu vas faire des photos pour participer à un concours, tu ne trahis pas leur confiance, puisque tu iras vraiment à Blustery Hill. Le mensonge ne concerne que la raison pour laquelle tu y vas.

— De toute façon, je ne pourrais pas leur dire la vérité, même si je le voulais !

— Bravo. Tu es *obligée* de trouver une excuse.

À ce moment-là, quelqu'un frappa à la porte de la salle de bains.

— Lucy, ça fait une heure que tu es enfermée là-dedans ! s'égosilla sa mère.

— Mais non ! Ça fait à peine cinq minutes ! protesta la jeune fille.

Puis elle s'adressa de nouveau à Kim :

— Je te rappelle tout de suite. On ne me laisse même pas respirer, dans cette maison !

— Pendant ce temps, j'en parle à ma mère et je te dis ce qu'il en est, conclut Kim d'une voix plus tranquille. Espérons que Liz arrivera aussi à convaincre sa mère.

***

Liz sortit son imperméable de l'armoire. La météo annonçait du beau temps pour le lendemain, mais au cas où… Son chien, Daïmon, l'observait, lové dans sa couverture préférée.

Elle se mit à plier son K-Way sur le lit. Après le choc de l'inscription «Blustery Hill» sur l'écran du Mercure, elle avait ressenti une étrange euphorie. Elle s'était dit au moins un million de fois que le monde était plein de coïncidences. Mais, là, ça ne pouvait pas être une coïncidence. Jared aurait pu choisir n'importe quel endroit de la planète pour cacher son pouvoir, et il avait choisi celui-ci. Le bois de Blustery Hill. Là où son père avait disparu dix ans plus tôt. Et où sa vie avait changé pour toujours.

Pourquoi justement cet endroit ?

Son portable sonna. C'était Kim.

— Ma mère m'a donné son accord, annonça-t-elle. Elle a dit que je pouvais gérer mon temps comme je le voulais. Ce qui compte pour elle, ce sont les résultats. Ce qui veut dire entre les lignes que, si la réserve n'est pas prête le jour J, je devrai faire la vaisselle au moins jusqu'à Noël 2070.

— On finira de la ranger à temps ou bien on fera la vaisselle ensemble, la rassura son amie. Ma mère aussi a accepté. Pour l'instant.

Elle avait demandé l'autorisation à Cathy une demi-heure auparavant, en passant par le magasin. Absorbée par un travail urgent, sa mère avait tout de suite dit oui. Mais Liz savait que tôt ou tard sa demande arriverait jusqu'à son cerveau et qu'alors elle voudrait en savoir plus.

— Tu es sûre de vouloir venir ? lui demanda Kim après une petite pause. Tu sais, si tu ne le sens pas…

— Là où toi et Lucy allez, je vais aussi, répliqua Liz. La discussion est close.

— Okay, alors je me remets au travail, dit Kim.

— Je suis désolée que tu doives continuer le rangement toute seule.

— Vous en avez déjà fait tellement ! Mais, si nous risquons de perdre tout l'après-midi de demain, je préfère travailler jusqu'à ce que mort s'ensuive. Ce soir, c'est mon père qui cuisine, alors il est concentré sur ses fourneaux et il ne me tourne pas autour. Tu veux passer à la maison ?

— Pas ce soir, merci. Je suis en train de préparer

Le pouvoir des rêves

deux ou trois petites choses pour demain, et j'attends ma mère.

Quelques minutes plus tard, elle entendit Cathy rentrer du magasin.

— Liz, où as-tu dit que tu voulais aller ? lui demanda-t-elle en apparaissant sur le seuil de sa chambre.

— Au parc de Blustery Hill, répondit Liz, qui pliait toujours son imper. Kim doit faire des photos pour un concours.

— Et pourquoi précisément là ?

— C'est le plus bel endroit des alentours, répondit Liz, les yeux toujours baissés. C'est parfait pour prendre des photos de la nature.

— Tu vas rater l'entraînement.

— Je me rattraperai la prochaine fois. Et puis, Silvercross est tellement sur mon dos que ça ne me déplaît pas de décrocher un peu, pour une fois.

Cathy s'assit sur le lit de sa fille et chercha son regard.

— Ma chérie, tu es sûre de vouloir y aller ? lui demanda-t-elle, tout comme Kim quelques minutes plus tôt. Cet endroit est peut-être le plus beau du monde pour un touriste, mais pour nous il signifie autre chose. Et tu n'as plus voulu y mettre les pieds depuis…

— Je sais, maman, répondit Liz, en essayant d'avoir l'air sereine pour la tranquilliser. Mais le parc est grand et, depuis tout ce temps, beaucoup de choses ont dû changer. Et puis, je ne me souviens de rien. Peut-être que nous ne nous approcherons même pas du... de l'endroit où papa a disparu.

Elle avait dû faire un gros effort pour le dire. Elle savait que Cathy n'en parlait pas volontiers. Mais elle savait aussi qu'elle n'avait jamais cessé d'espérer. Et depuis que, sur l'Olympe, elle avait eu la vision de ce qui aurait pu être les derniers instants de cet après-midi fatal, elle aussi avait senti renaître l'espoir. Un espoir qui avait encore grandi lorsqu'elle avait lu le nom de Blustery Hill sur l'écran du Mercure 3 000...

Pour cacher son embarras, elle entreprit de compacter encore son imperméable, qui pourtant était déjà plié et archiplié.

— Nous pourrions y aller ensemble, proposa sa mère avec un sourire. Je vous prépare un bon pique-nique et je jure que je marcherai à vingt... non, à cinquante mètres de vous. Vous ne vous apercevrez même pas que je suis là.

— Les parents proches et les membres de la famille jusqu'au septième degré ne sont pas admis. Même pas nos camarades de classe, dit Liz. Le chauffeur de Lucy viendra nous prendre à la sortie du lycée et il reviendra nous chercher un peu plus tard. Nous serons parties deux ou trois heures au maximum.

— Mais vous serez seules…

— Maman, c'est un parc, pas la jungle équatoriale ! Il y a des gardes forestiers, une piste cyclable, une buvette…

Cathy acquiesça tristement.

— Pourquoi as-tu préparé ton K-Way ? Il n'est pas prévu de pluie.

Elles savaient toutes deux que le jour de la disparition de son père un terrible orage avait éclaté.

— Je te promets que ce n'est pas un problème pour moi d'aller dans ce parc. Tu veux bien me faire un peu confiance ?

— Okay, comme tu voudras, soupira Cathy, dont le regard disait tout autre chose.

Liz sourit.

— Merci, maman, je t'adore !

Cathy se leva et lui caressa affectueusement la tête.

Liz ne dit rien. Être obligée de mentir à sa mère lui faisait de la peine. Cathy n'était pas seulement sa mère, c'était aussi une amie et une alliée. Mais elle ne pouvait évidemment pas lui raconter qu'elles allaient à Blustery Hill à cause d'un type de l'Olympe que Kim avait vu en rêve…

Liz fourra finalement son imperméable dans son sac à dos, avec un paquet de crakers et un jus de fruits. Daïmon sauta aussitôt sur le lit et tira l'imperméable hors du sac avec ses crocs.

— Tout doux, Daïmon, dit Liz en riant. J'ai mis une demi-heure à le plier! Qu'est-ce qu'il y a, tu veux venir avec moi?

Le petit bouledogue lâcha sa proie et se dressa sur ses pattes arrière en aboyant joyeusement.

— J'aimerais bien t'emmener, mais je ne peux pas, murmura Liz en le prenant dans ses bras. Je ne sais pas ce qui nous attend à Blustery Hill et je ne veux pas te faire courir de risques.

Daïmon se mit à glapir tristement.

Blustery Hill

— Merci, Daniel, dit Lucy en ouvrant la portière pour descendre. Je t'appelle quand il sera l'heure de venir nous chercher.

— D'accord, Lucy, dit Daniel Paddington, le très jeune chauffeur de la famille Grimaldi, à qui Lucy demandait de temps en temps une petite course en extra. Bonne journée !

Lucy descendit de la voiture et rejoignit ses amies, qui avaient déjà pris un ticket d'entrée pour elle. Avec son sac à dos et ses chaussures de marche, Liz était équipée pour un trekking dans l'Himalaya. Kim, au contraire, était habillée comme tous les jours, avec ces couleurs flashy qui la faisaient repérer à dix mètres.

— Eh bien, vous voilà drôlement accoutrées pour une promenade de deux ou trois heures !

— Qu'est-ce qu'on a qui ne va pas ? demanda Liz d'un air boudeur.

— Et toi, tu t'es vue ? ajouta Kim. Il ne te manque qu'une pelle et un seau.

— Je te ferais remarquer que tout est parfaitement assorti, répliqua Lucy. Admirez et prenez-en de la graine : Tee-shirt sans manches de la même couleur que les sandales, legging d'un ton légèrement plus foncé. lunettes noires « Last Fashion »…

— La seule chose censée, ce sont les lunettes, avec ce soleil, bougonna Kim.

— Et si on y allait, au lieu de rester là à détailler ma tenue ?

— Oui, mieux vaut ne pas perdre de temps, dit Liz. J'ai juré à ma mère que nous serions rentrées de bonne heure.

— J'allume le navigateur, dit Kim en sortant son Mercure 3 000. Okay, en route !

Elles franchirent le grand portail surmonté de l'inscription « PARC NATUREL DE BLUSTERY HILL » et se dirigèrent vers un large sentier au milieu des arbres. L'air était frais et sentait le printemps.

Le pouvoir des rêves

Lucy emboîta le pas à Liz tandis que Kim marchait devant, concentrée sur son Mercure.

— Quel effet ça te fait d'être ici ? demanda Lucy.

— Je ne sais pas encore, répondit Liz.

— C'est bizarre, tout de même. Parmi tous les lieux que Jared aurait pu choisir, il a fallu que ce soit justement Blustery Hill. Avec ce qui t'est arrivé…

— J'ai pensé à la même chose hier. Mais, j'ai eu beau me creuser la cervelle toute la nuit, je ne m'explique pas.

— Peut-être une coïncidence ? hasarda Lucy, peu convaincue.

— Cela fait un moment que j'ai cessé de croire aux coïncidences.

— Tu n'es pas la seule, conclut Lucy. On rejoint Kim ?

Elles allongèrent le pas et continuèrent toutes les trois ensemble. De temps à autre, elles croisaient des visiteurs. Des familles, mais surtout des sportifs, des marcheurs solitaires, et quelques gardes forestiers.

— Comment est le signal ? demanda Liz en jetant un œil au Mercure.

— Fort et clair, répondit-elle. C'est la bonne direction. Mais ce qui m'inquiète un peu, c'est ce que nous ferons si nous arrivons à un embranchement. Le plan n'est pas assez précis pour indiquer tous les sentiers. Et, malheureusement, nous n'avons pas d'autre moyen de trouver l'endroit que nous cherchons.

— En espérant qu'il existe et qu'il se trouve vraiment ici, laissa échapper Lucy.

— Bien sûr qu'il existe, Jared me l'a dit, répliqua sèchement Kim. Et le Mercure ne m'a jamais trompée.

— Excuse-moi, je ne voulais pas mettre en doute tes infos…

— Non, c'est moi qui m'excuse, dit Kim. Je suis un peu préoccupée… Si nous trouvons cet endroit, est-ce que je serai à la hauteur de l'épreuve que Jared m'a préparée ? Et qu'est-ce qui lui arrivera si je ne réussis pas à récupérer le pouvoir des rêves ?

— Une chose à la fois, Kim, dit Lucy pour la tranquilliser. Nous y penserons le moment venu. Et tu verras que tu seras tout à fait capable de surmonter n'importe quelle épreuve.

— Rappelle-toi plutôt de prendre quelques photos pour le concours ! intervint Liz. Au cas où ta mère voudrait les voir…

— J'ai commencé pendant que vous étiez derrière à bavarder, sourit Kim.

Peu après, elles arrivèrent à un croisement. Le sentier principal se séparait en deux, avec d'un côté un chemin plus étroit et moins fréquenté qui s'enfonçait à travers de très hauts arbres.

— On dirait que le signal indique cette direction, mais je n'en suis pas sûre, dit Kim.

— Et si nous nous trompons de route ? demanda Lucy avec un brin d'appréhension dans la voix.

— Il faut essayer, répondit fermement Kim. Mais je ne veux obliger personne à me suivre. Vous pouvez m'attendre ici...

— Mais bien sûr ! Nous sommes précisément venues jusqu'ici pour te laisser seule au moment crucial ! s'indigna Lucy, offensée de la proposition.

Les trois amies prirent ensemble le nouveau sentier. À mesure qu'elles avançaient, la forêt était de plus en plus dense et le sentier de plus en plus obscur. Depuis un bon moment, elles ne rencontraient plus personne.

— Les filles, vous avez vu le ciel ? dit brusquement Kim.

De gros nuages noirs commençaient à s'amonceler au-dessus de la cime des arbres. Un éclair retentit au loin.

— Déluge en vue ! grommela Liz d'un air sombre. Heureusement que j'ai apporté mon imperméable !

Lucy remarqua aussitôt la pointe d'inquiétude dans sa voix.

Soudain, Kim s'immobilisa au beau milieu du sentier.

— Qu'est-ce qu'il y a ? s'écria Lucy.

— Mon améthyste ! répondit Kim en touchant sa boucle d'oreille. Elle est devenue chaude. Il s'est passé la même chose quand Drakos a pris la place de mon frère…

Ses paroles se détachèrent dans un silence surnaturel.

— Tu veux dire que nous sommes en danger ? murmura Lucy en regardant autour d'elle. Mais, autour d'elle, il n'y avait que le bois, de plus en plus sombre. Vous croyez que quelqu'un nous suit ?

Liz retourna une vingtaine de mètres en arrière pour vérifier. Tout en marchant, elle levait les yeux vers le ciel et observait les nuages.

— Je n'ai vu personne, dit-elle en revenant.

— Et maintenant, l'améthyste s'est refroidie, dit Kim.

— Et si Arès avait envoyé l'un de ses émissaires chercher le pouvoir de Jared ? balbutia Lucy, qui se faisait peur toute seule. Peut-être qu'ils sont à nos trousses…

— Si tu veux nous faire flipper, tu y arrives très bien ! protesta Kim.

— Et, en plus, il commence à faire froid, continua Lucy en frissonnant. Qu'est-ce qui m'a pris de m'habiller comme ça !

— Dépêchons-nous, l'interrompit Liz en scrutant les ténèbres.

Les trois filles accélérèrent le pas tandis que Kim maintenait le cap avec son navigateur.

— Les filles ! s'exclama-t-elle brusquement en s'immobilisant.

— Qu'est-ce qu'il y a encore ? demanda Liz.

— Le signal ! Je l'ai perdu ! Il a clignoté un peu plus vite, et puis *tac*, il a disparu !

— Peut-être qu'il n'y a pas de réseau dans ce secteur, avança Lucy. Les arbres sont touffus.

— Pas de réseau ?! répéta Kim sur un ton ironique. Comme si c'était un vrai satellite qui nous avait guidées jusqu'ici !

Lucy s'obligea à sourire.

— C'est peut-être une panne, suggéra Liz.

— Tout fonctionne, dit Kim après avoir effleuré quelques touches. Mais j'ai une autre explication.

— Laquelle ? demanda Lucy.

— Le signal a disparu parce que nous sommes arrivées.

Les trois filles se regardèrent dans les yeux.

À ce moment précis, les arbres autour d'elles s'animèrent. Leurs branches s'enchevêtrèrent pour former une espèce de voûte qui cacha presque entièrement le ciel. Au bout du sentier, on entrevoyait une entrée parmi les feuilles qui étincelaient comme pour attirer leur attention.

Comme pour les inviter à entrer.

La Sphère armillaire

— Les filles, vous avez vu comme moi les arbres bouger ? demanda Kim, rompant le silence.

Liz et Lucy hochèrent lentement la tête.

— Et maintenant ? demanda Lucy.

— On continue, répondit Kim en essayant de garder son calme. C'est pour ça que nous sommes venues.

Elle prit son courage à deux mains et se dirigea vers l'entrée. Ses amies la suivirent. De l'autre côté, le sentier se ramifiait en trois couloirs aux parois de feuilles aussi épaisses que des murs. Ces feuilles brillantes, comme parsemées de petits diamants, illuminaient chacune des voies possibles.

— C'est un labyrinthe ! s'exclama Kim. Pour protéger

le pouvoir des rêves, Jared a créé ce lieu. Maintenant, il faut trouver le bon chemin !

— Si toi, Athéna, tu n'y arrives pas, ne compte pas sur moi, fit Lucy.

Kim se concentra sur le problème à résoudre.

Elle observa les sentiers l'un après l'autre.

Elle imagina les itinéraires possibles.

Elle reproduisit mentalement la structure du labyrinthe.

Dans son esprit, peu à peu, il n'y avait plus qu'elle et le labyrinthe…

Clic !

Kim tressaillit. Tout était devenu clair dans sa tête.

— Les filles, je viens tout juste d'avoir l'un de mes fameux « clics », annonça-t-elle.

— Alors tu sais tout ? s'exclama Lucy.

— Disons que ce n'est pas comme les autres fois, expliqua Kim. Jusqu'à présent, les « clics » faisaient émerger une réponse que je croyais ignorer… Maintenant, c'est différent, c'est comme si mon cerveau s'était élargi. J'ai trouvé plus que la solution : j'ai trouvé la méthode.

— C'est-à-dire ? demanda Lucy en fronçant les sourcils.

— C'est-à-dire que je ne sais pas encore quel est le bon chemin, mais j'ai découvert comment faire pour le comprendre.

— Dis-le-nous, alors, s'impatienta Liz.

— Cela va vous sembler un peu compliqué, mais en gros il s'agit de laisser des signes derrière nous.

— Quel genre de signes ? demanda Lucy.

— Je ne sais pas, peut-être des pierres. À chaque fois qu'on arrive à un carrefour dans le labyrinthe, on jette trois pierres par terre et on prend n'importe lequel des autres sentiers. Mais, si on s'aperçoit qu'on est déjà passées à un embranchement, on ne met qu'un seul caillou. Puis on prend un sentier qu'on n'a pas encore emprunté et…

— Stop ! l'interrompit Liz. Je n'y comprends rien.

— Et moi encore moins, renchérit Lucy. J'ai l'impression d'avoir vu un truc de ce genre dans un dessin animé, ça m'avait déjà donné mal à la tête.

— C'est plus facile en pratique qu'en théorie, dit Kim en riant. Nous n'avons qu'à essayer !

— Tu sais que, si ça ne marche pas, nous serons condamnées à errer là-dedans pendant les deux prochains siècles ? demanda Liz.

— N'aie pas peur, j'ai tout dans la tête, la rassura Kim.

— Quelle chance ! soupira Lucy.

— Vous n'avez pas confiance en Athéna ? Vous pouvez m'attendre dehors, si vous préférez. J'entre, et nous nous retrouvons ici.

— Mais c'est une obsession, ma parole ! Je te rappelle que tu n'es pas en train de faire des achats à la librairie, lui fit remarquer Liz.

— Alors ramassons des pierres ! s'exclama joyeusement Kim.

Après avoir ramassé chacune une poignée de pierres et de cailloux, elles choisirent au hasard l'un des sentiers. Il déboucha rapidement sur un carrefour d'où partaient quatre autres chemins.

— Je dépose trois pierres ici, expliqua Kim en les mettant bien en vue sur le chemin qu'elles venaient de parcourir. Maintenant, nous pouvons prendre n'importe lequel des autres sentiers.

Liz et Lucy la suivirent sans dire un mot. Kim répéta la même opération à plusieurs embranchements, jusqu'à ce qu'elles arrivent à un carrefour où l'un des trois sentiers était déjà signalé par des pierres. Aucun doute : elles étaient déjà passées par là.

Le pouvoir des rêves

— Voilà, à la sortie de ce sentier, je ne mets qu'une seule pierre, dit Kim. Maintenant, empruntons l'un des deux autres sentiers qui restent, et marquons-le de deux pierres.

— Pourquoi deux ? demanda Lucy, qui s'embrouillait.

— Parce que, si jamais on doit repasser par ce carrefour, on saura qu'on a déjà parcouru ce chemin dans ce sens. Les deux cailloux nous évitent de refaire deux fois le même trajet ou de tourner en rond.

Kim lança à ses amies un regard d'encouragement, quand soudain un étrange bruissement entre les branches les fit sursauter. Elles restèrent aux aguets pendant quelques secondes, puis Kim reprit la parole en chuchotant.

— S'il n'y a pas de nouveaux sentiers, nous devrons choisir celui qui n'a qu'une seule pierre – preuve que nous l'avons déjà parcouru dans le sens opposé – et nous devrons ajouter une pierre de façon qu'il y en ait deux…

— Arrête ! Ma tête est en train d'exploser ! soupira Liz.

— Moi, je n'essaie même pas de comprendre, ajouta Lucy. Kim, notre sort est entre tes mains !

Les trois filles se remirent en route. Elles ramassaient au fur et à mesure les cailloux nécessaires. Les nuages étaient toujours plus épais et plus sombres, et l'humidité rendait l'atmosphère du sous-bois suffocante. Elles marchèrent longtemps, parcoururent plusieurs fois les mêmes couloirs et, au bout d'un moment, Kim comprit que ses amies commençaient à perdre confiance. Elle fit semblant de ne pas s'en apercevoir et s'engagea dans un énième sentier. Il débouchait sur une clairière circulaire sans aucun embranchement.

C'était le centre du labyrinthe. Elle le sentait.

— Nous y sommes, annonça-t-elle.

— Et moi qui n'y croyais plus! s'exclama Lucy, passant de l'abattement à l'enthousiasme.

Mais Kim ne l'écoutait pas.

Elle concentrait toute son attention sur l'objet qui se trouvait au centre de la clairière. Un objet composé d'une quantité infinie de cercles et qui gravitait, en suspens, tout en dégageant une aura dorée.

— Regardez, murmura-t-elle.

— Qu'est-ce que c'est que ce truc? demanda Liz.

— Je n'en ai aucune idée, répondit Lucy. Et toi, Kim?

— C'est une Sphère armillaire, dit-elle à mi-voix, complètement absorbée dans la contemplation de l'objet.

— Que c'est une sphère, je l'avais compris, ironisa Lucy. Mais « armillaire », tu m'expliques ?

— Une Sphère armillaire. Les Anciens utilisaient cet instrument pour représenter les relations entre le Ciel et la Terre. C'est aussi un symbole de sagesse et de connaissance. Jared l'a créée pour moi, pour Athéna. Le rêve ne mentait pas.

— Selon toi, le pouvoir des rêves se trouverait à l'intérieur ? demanda Lucy.

Kim hocha la tête. Elle en était absolument certaine.

— Alors tu dois aller le chercher, dit Liz. Je crois qu'il n'y a que toi qui puisses le faire.

— Je sais.

Le tonnerre grondait de plus en plus violemment. L'orage menaçait d'éclater d'une minute à l'autre. Kim inspira profondément.

— Attendez-moi ici, dit-elle.

Elle avança vers le centre de la clairière et s'arrêta devant la Sphère. Elle était magnifique, avec ses cercles concentriques. Des objets comme celui-ci permettaient de dévoiler autrefois les mystères de l'Univers. À présent c'était à elle, Kim, de percer le secret des rêves.

Celui que Jared lui avait destiné.

Elle tendit la main vers l'objet phosphorescent.

Aussitôt, un éclair jaillit du ciel et frappa la Sphère de plein fouet. Kim se sentit comme enveloppée dans un filet d'électricité. Elle entendit le cri de terreur de ses amies, mais elle garda la main posée sur la Sphère jusqu'à ce qu'un rayon lumineux sorte de son corps et s'élance vers le ciel.

Et alors elle vit.

Avec les yeux de l'esprit, elle vit la porte d'ivoire s'ouvrir grand. Mais, cette fois, Morphée n'en sortit pas en volant.

Cette fois, la porte d'ivoire s'était ouverte pour laisser passer quelqu'un d'autre.

Le pouvoir des rêves

Kim se mit à courir. La porte d'ivoire s'était ouverte pour elle.

Elle la franchit et s'envola dans le ciel.

Elle ne savait pas comment elle y était arrivée, c'était magique.

En dessous d'elle, le champ de coquelicots ressemblait à une mer rouge éclairée par un coucher de soleil de feu. Jared était là qui l'attendait.

Kim plana doucement et atterrit au milieu des fleurs. Elle courut vers lui. Ils étaient face à face. Enfin.

Kim.

Jared la regarda, et elle plongea son regard dans le sien. Elle était si émue qu'elle n'arrivait pas à parler.

Regarde autour de toi. Ceci est l'Olympe d'autrefois. Ce monde de beauté et de sérénité pour lequel tu n'as jamais cessé de combattre.

Kim éprouva soudain une grande tristesse Ce monde n'existait plus, il avait été balayé par la violence d'Arès. Désormais, il ne subsistait plus que dans un rêve.

« Ce ne sera pas toujours ainsi, Jared. Je te libérerai de ta prison, et ensemble nous changerons le destin de cet univers. »

Jared lui sourit d'un air mélancolique.

Tu ne peux pas. Arès m'a exilé dans l'un des lieux les plus terribles de l'Olympe. Et il m'interdit par un sortilège de révéler l'endroit où il se trouve.

À présent qu'elle avait retrouvé Jared, Kim n'avait plus peur de rien. Elle se sentait capable d'accomplir n'importe quoi pour serrer à nouveau son amour dans ses bras.

« Je te retrouverai. »

Elle était absolument certaine de cela.

Jared approcha son visage du sien. Ce visage qu'elle n'avait jamais pu oublier. Son cœur battait à tout rompre, et sa respiration s'accéléra.

Jared appuya son front contre le sien.

L'âme de Kim se noya dans son regard.

Et le temps s'arrêta.

L'amour entre Athéna et Morphée et celui de Jared et Kim se fondirent en une seule et même vague. Il n'existait plus qu'une seule chose au monde. Leur amour.

Jared effleura d'une main les cheveux de Kim. Elle ferma les yeux, et son cœur se mit à battre encore plus vite. Elle n'avait jamais rien éprouvé d'aussi bouleversant. Il lui semblait qu'elle, Jared et l'Univers ne formaient qu'une seule et même entité. Les torrents en crue, les océans déchaînés, les tornades de vent, tout résonnait à l'intérieur d'elle.

Kim sentit les lèvres de Jared se poser sur les siennes. Il lui transmis par ce baiser le pouvoir des rêves.

Entre ciel et terre

Il y eut soudain une lueur aveuglante.

Lorsque Liz put à nouveau ouvrir les yeux, la Sphère armillaire avait disparu et le sous-bois autour d'elle avait repris son aspect originel.

— Le labyrinthe ! s'exclama-t-elle. Il a disparu !

Kim gisait sur le sol, recroquevillée sur elle-même. Elle semblait épuisée.

— Kim ! crièrent d'une seule voix Liz et Lucy en courant vers elle. Elles l'aidèrent à s'asseoir.

— Kim, tu vas bien ? demanda Lucy, inquiète.

Son amie ouvrit les yeux et un grand sourire illumina son visage.

— Les filles… murmura-t-elle.

— On a failli avoir une crise cardiaque ! la gronda gentiment Liz.

— Mais que s'est-il passé ? demanda Lucy. Tu es restée immobile au milieu de tous ces éclairs, et puis tu t'es écroulée par terre...

Kim ne répondit pas. Mais son expression parlait pour elle.

— Tu l'as vu ? bondit Lucy.

— Nous avons parlé, dit Kim en souriant.

— Raconte-nous tout, ordonna Lucy. Que t'a-t-il dit ?

Son amie se mit à rire.

— Nous étions dans un rêve. Mais c'était comme si c'était vrai. Je détiens son pouvoir, ajouta-t-elle. Et maintenant, la seule chose qui m'importe, c'est de le retrouver. Quand Jared sera libre, je pourrai le serrer à nouveau dans mes bras ! Et lui rendre ce qui lui appartient.

— Il t'a dit où il était ? demanda Liz, l'esprit pratique.

— Sur l'Olympe, répondit Kim sans cesser de sourire.

— Grande nouvelle ! bougonna la jeune fille.

— Je connais ces symptômes, dit Lucy en se tournant vers elle. Sourire permanent, regard dans le vague, agitation générale... quelque chose me dit que Kim ne s'est pas contentée de *parler* à son amoureux.

Kim se mit à rougir.

— Heu... Hum... bredouilla-t-elle.

— Peut-être que nous n'aurions pas dû tant nous inquiéter, Lucy, plaisanta Liz.

— Je le retrouverai ! lança Kim avec élan. Je suis la fille la plus heureuse du monde !

— Alors dépêchons-nous de partir d'ici, dit Liz en regardant anxieusement le ciel.

À cet instant, un coup de tonnerre retentit et les premières gouttes de pluie se mirent à tomber. Aussitôt, Liz s'immobilisa.

— Nous sommes prêtes, Liz, lui dit Lucy. Tu viens ?

— Oui, j'arrive... répondit-elle.

Mais elle ne bougeait toujours pas.

— Qu'est-ce que tu as ? lui demanda Kim. Tu ne veux pas venir sur l'Olym...

Liz était clouée sur place. Quelque chose avait attiré son attention. Quelque chose qu'elle n'avait pas remarqué jusque-là.

À quelques mètres de la clairière, une crevasse s'ouvrait dans le sol. La fissure creusée dix ans plus tôt par un tremblement de terre dévastateur.

Le pouvoir des rêves

Une enfant était assise au bord de la crevasse.

Cette enfant, c'était elle.

Sans prononcer une parole, Liz réussit à expliquer à ses amies ce qu'elle voyait. Mais Lucy et Kim étaient immobiles, fixes comme dans un tableau. Kim bouche encore ouverte, Lucy tournée vers elle, son corps et ses longs cheveux figés dans l'air.

Liz se dirigea vers la crevasse. Une rafale de coups de tonnerre accompagnés d'éclairs la fit tressaillir, mais elle ne s'arrêta pas. Elle alla jusqu'au bord du gouffre et regarda en bas, vers l'endroit que fixait l'enfant.

Il y avait un homme agrippé à un rocher.

Son père.

Va-t-en, Elizabeth, va-t-en.

Son père. Comme cet après-midi-là.

Une larme coula le long du visage de l'enfant et disparut dans la crevasse. Elle avait la couleur de son obsidienne.

Un instant plus tard, un éclair noir jaillit de l'intérieur du gouffre.

Lorsque Liz avait revu cette scène sur l'Olympe, tout s'était arrêté là. Le père disparu pour toujours, la fillette qui pleurait au bord de la crevasse jusqu'à l'arrivée des secours.

Mais cette fois c'était différent.

Après l'éclair, un arc lumineux descendit du ciel et forma un pont qui menait à l'intérieur de la crevasse. Une jeune fille vêtue de couleurs vives apparut dans la lumière blanche et tendit une main vers le gouffre.

Une silhouette la rejoignit. C'était son père qui entrait dans l'arc lumineux. Il prit la main de la jeune fille et, quelques instants plus tard, ils disparurent tous les deux vers le ciel. Quant à l'arc, il devint transparent et s'évanouit.

Un nouveau coup de tonnerre retentit dans le bois. Liz sursauta. Elle se tenait au bord de la crevasse, mais la fillette avait disparu.

— …L'Olympe ! acheva Kim à ce moment précis.

Les cheveux de Lucy retombèrent sur ses épaules.

Aucune d'elles ne s'était aperçue de rien. Ce que Liz avait vu s'était produit entre deux battements de cœur.

Les deux filles s'approchèrent et c'est seulement à ce moment-là qu'elles virent la crevasse.

— Alors c'est là que ça s'est passé ? demanda doucement Lucy.

Liz hocha la tête.

— Liz, tu pleures ! s'exclama Kim.

La jeune fille s'essuya la joue.

Le pouvoir des rêves

— C'est la pluie, fit-elle en regardant devant elle.
— Quittons cet endroit, dit Lucy.
— Tu t'en sens capable ? demanda Kim.

Pour toute réponse, Liz approcha sa main de l'obsidienne qui pendait à son porte-clés.

— Je suis prête.

Elle ne leur dit rien de ce qu'elle avait vu. Était-ce un souvenir ? Ou bien seulement un rêve qui s'était matérialisé sous l'influence de la Sphère armillaire ? Elle ne pouvait pas le savoir avec certitude. Mais, s'il existait une réponse, c'était sur l'Olympe qu'elle la trouverait.

Le lac des Néréides

Lucy regarda autour d'elle. Une vaste plaine entourée de collines aux roches brun, rouge et rose. Partout se dressaient des cheminées de pierre qui semblaient vouloir atteindre le ciel. Un paysage aux couleurs douces et chatoyantes, des cheminées de pierre... elles étaient dans la Sinfalide.

— Vous n'aviez pas dit que la crevasse d'Aphrodite était en train de se refermer ? fit remarquer Kim. Elle ne me donne pas du tout cette impression.

Lucy leva les yeux. La fente dans le ciel s'était rouverte. Elle était de nouveau d'un bleu limpide et déchirait la voûte pourpre. Une agréable chaleur en émanait.

— C'est un miracle... dit Lucy.

— Au contraire, c'est tout à fait logique, l'interrompit Liz. Drakos a dit que la crevasse se refermait parce qu'Arès avait brisé l'enchantement d'Aphrodite, après avoir capturé Kim. Avec sa libération, tout est revenu dans l'ordre.

— De toute évidence, il a besoin de mes pouvoirs pour refermer la fissure, conclut Kim.

— C'est sûrement ça! s'exclama Lucy avec enthousiasme. Vous savez quoi, c'est un vrai soulagement!

— Il y a quelqu'un là-bas! dit Kim en indiquant la direction du village souterrain.

— Si tout est à nouveau comme avant, les habitants ont dû revenir aussi, répondit Lucy en observant la silhouette qui se dirigeait vers elles. Oh non! C'est Éadris!

— Comment l'affronter après ce qui est arrivé à son père? s'inquiéta Liz.

Lucy se figea. La dernière fois qu'elle avait vu le vieux Sicano, il était dans les eaux souterraines grouillant de vers de la caverne Imogeo. Depuis, à chaque fois que son regard de pierre s'était matérialisé dans son esprit, elle avait repoussé cette pensée de toutes ses forces.

Éadris les avait rejointes. Elle n'avait pas changé : ses yeux, enfoncés dans son visage d'une pâleur excessive, avaient une expression indéchiffrable. Il se passa une chose à laquelle Lucy ne se serait jamais attendue. La jeune fille leur sourit.

— Bon retour dans la Sinfalide, leur dit-elle.

Aucune des trois déesses ne répondit. Lucy, qui détestait les silences embarrassés et embarrassants, prit la situation en main.

— Tu savais que nous allions venir ? demanda-t-elle.

— Oui, répondit Éadris. J'ai été envoyée pour vous accueillir.

— Par Auron ? demanda Liz.

— Non, il n'est pas là. Lorsque le sortilège qui protégeait la Sinfalide a été brisé, il a décidé d'emmener la population le plus loin possible d'ici, pour fuir Arès. Mais, à présent que la situation a changé, ils sont en route pour revenir.

Lucy remarqua que Liz avait poussé un soupir de soulagement. Décidément, elle se comportait bizarrement. Peut-être était-elle encore sous le choc d'être retournée à Blustery Hill.

— Alors qui t'a envoyée nous accueillir ? demanda Kim.

Mais Éadris se mit en route sans répondre. Les trois

filles se regardèrent un instant avec hésitation, puis la suivirent.

Elles descendirent jusqu'au village souterrain en empruntant un tunnel éclairé par la lumière interne de ses parois rocheuses. Le dernier don d'Éos, déesse de l'Aurore, aux habitants de la Sinfalide.

Liz était visiblement nerveuse.

— Nous connaissons ce chemin, murmura-t-elle.

— Éadris est en train de nous ramener à la caverne Imogeo, murmura Lucy à Kim, tout en continuant à longer la galerie.

— Je m'en suis aperçue, lui répondit son amie, qui remarqua que Liz, prête à l'action, gardait une main sur son obsidienne.

Lorsqu'elles atteignirent la caverne Imogeo, Lucy ne la reconnut pas. À l'endroit où il y avait auparavant un marais nauséabond peuplé de créatures monstrueuses se trouvait désormais un merveilleux lac.

— Le lac des Néréides a retrouvé sa splendeur passée, dit Éadris, souriant de nouveau, avec une pointe d'orgueil.

L'ancienne paroi humide qui entourait le marais était à présent percée d'ouvertures laissant filtrer la lumière rassurante de la Sinfalide qui se reflétait sur la surface du lac. Lucy ne résista pas à l'envie de s'approcher.

Les eaux argentées se ridèrent et près de la rive se créa un petit tourbillon. Une silhouette apparut lentement à la surface. Une silhouette à tête de vieillard et aux yeux de pierre.

— Sicano ?! s'exclamèrent les trois filles en chœur.

— Soyez les bienvenues, maîtresses de l'Olympe, dit le vieil homme en sortant de l'eau. J'étais au courant de votre retour.

Malgré la sévérité qui émanait de toute la personne de Sicano, Lucy n'arriva pas à se retenir. Elle se jeta à son cou et le serra de toutes ses forces. La douleur et l'inquiétude qu'elle avait éprouvées à son sujet s'évanouirent pour laisser place à une joie pure.

— Tu n'imagines pas à quel point nous sommes heureuses de te revoir ! exulta-t-elle.

Sicano souriait.

Liz et Kim s'approchèrent de lui. Kim l'étreignit à son tour, et Liz lui serra très fort les mains.

— Qu'est-il arrivé à cet endroit ? demanda Kim.

— Tu ne le sais pas ? répondit Sicano.

Kim secoua la tête et Lucy s'aperçut qu'elle semblait embarrassée.

— Aux temps où tu étais Athéna, tu m'as confié une tâche. Celle de purifier l'Olympe du mal quand il se manifesterait et d'empêcher le seigneur de la Guerre de souiller notre monde. J'ai été un serviteur fidèle. J'espère qu'un jour vous vous en souviendrez.

— Pardonnez-moi pour tout ce que j'ai dit contre vous la dernière fois, intervint Éadris.

— Nous avons déjà oublié, la rassura Kim en se tournant vers Lucy. N'est-ce pas ?

— Absolument, répondit-elle.

En réalité, elle n'avait pas du tout oublié, et elle n'avait pas la moindre intention de le faire. Mais le respect et l'affection qu'elle éprouvait pour Sicano l'obligeaient à donner une seconde chance à sa fille.

— Qu'est-ce qui vous amène dans la Sinfalide ? demanda-t-il.

Lucy sourit. Elles avaient déjà eu l'occasion de se rendre compte qu'on ne pouvait rien cacher au vieillard aux yeux de pierre.

— Cette fois encore, nous sommes obligées de te demander ton aide, répondit Kim.

— Demandez-moi ce que vous voulez.

— Nous cherchons le lieu où Arès envoie ses ennemis en exil pour l'éternité. C'est le sort qu'a subi Morphée.

— Ce ne peut être que les limbes de Cendres, répondit Sicano.

— Et tu sais comment nous pouvons y aller ?

— Mais personne n'est jamais revenu des limbes ! s'écria vivement Éadris, dont les yeux enfoncés scintillaient.

— J'ai juré de le libérer, insista Kim sur un ton sans réplique.

— D'accord, alors je vous y conduirai, dit Sicano.

— Non, s'opposa Kim. Cette fois, tu te contenteras de nous expliquer comment y aller.

Lucy approuva sa décision. Elle n'aurait pas supporté qu'il arrive encore quelque chose à Sicano.

— Je vous accompagnerai tant qu'il n'y aura pas de danger, répliqua le vieillard en souriant à sa fille. Après, ce sera à vous de jouer.

— Et où allons-nous ? demanda Liz.

— Au fond du lac, répondit Sicano.

La malédiction

— Au fond du lac ? demanda Kim, qui n'était pas sûre d'avoir bien entendu.

— Comme si nous pouvions respirer sous l'eau ! s'écria Lucy.

Le vieil homme sourit.

— N'ayez pas peur, dit-il. Vous ne pouvez pas vous noyer dans les eaux de l'Olympe.

— Mais pourquoi *au fond* du lac ? intervint Liz.

— De très nombreux fleuves coulent sous l'Olympe, expliqua Sicano. En se laissant porter par les courants souterrains, on peut atteindre n'importe quel endroit.

— C'est presque aussi pratique que le métro, fit Liz, perplexe.

— Il n'y a aucun autre moyen d'atteindre les limbes de Cendres, répliqua le vieil homme. À vous de décider.

Les trois filles n'eurent même pas besoin de se concerter. Leur décision était prise.

— On te suit, répondit Kim en leur nom à toutes.

Sicano entra aussitôt dans l'eau.

— Au début, tenez-vous à un pan de ma tunique, leur recommanda-t-il. Et ne luttez pas contre le courant, laissez-vous transporter.

Kim jeta un regard inquiet à ses amies, puis serra la longue tunique de Sicano. Liz et Lucy l'imitèrent et, ensemble, elles suivirent le vieillard sous l'eau, limpide comme du cristal. Kim n'avait pas résisté à l'impulsion de se boucher le nez, mais elle s'aperçut vite que c'était inutile. Elle arrivait à respirer malgré l'eau qui lui entrait dans les narines, et elle pouvait garder les yeux ouverts comme sur la terre ferme. Seuls ses mouvements étaient ralentis. Lucy lui fit un signe pour dire que c'était incroyable. Et ça l'était !

Le vieil homme se mit en route en les entraînant derrière lui. Ils s'enfoncèrent rapidement et pénétrèrent à l'intérieur d'une grotte sous-marine.

Là, le courant était encore plus rapide. Kim, qui tenait fermement la tunique de Sicano, tenta de la lâcher. À sa

Le pouvoir des rêves

grande surprise, elle découvrit qu'elle était capable de se déplacer dans l'eau comme si elle l'avait fait toute sa vie. Liz et Lucy l'imitèrent.

Toujours derrière Sicano, elles traversèrent une série de tunnels éclairés par la lumière d'Éos. Finalement, elles débouchèrent dans un nouveau lac et remontèrent à la surface, à l'intérieur d'une autre grotte. En sortant de l'eau, Kim s'aperçut qu'elle n'était absolument pas mouillée.

— C'était fantastique ! s'exclama Liz. On le refait au retour ?

— Il n'y a pas d'autre chemin, répondit Sicano, amusé. Maintenant, continuons. Notre but est proche.

Au fond de la grotte se trouvait une ouverture qui donnait sur l'extérieur. Sicano les guida jusque-là.

— C'est ici que je m'arrête, annonça-t-il. L'endroit que vous cherchez se trouve devant vous.

Au dehors s'étendait un désert de cendres, avec çà et là quelques dunes. Tout autour se dressait une paroi rocheuse très escarpée.

— On dirait un volcan, observa Kim.

— *C'est* un volcan, endormi depuis des millénaires, confirma le vieillard. Arès en a fait un lieu de souffrance éternelle.

— Ce n'est pas très engageant, dit Lucy.

— Non, en effet. Aucun être humain ne peut survivre aux nuages empoisonnés que dégagent ces cendres.

— Mais nous *sommes* des êtres humains, marmonna Liz. Alors comment fait-on pour sortir ?

En guise de réponse, Sicano ôta trois bracelets de fleurs tressées de son bras et en remit un à chacune des filles.

— Mettez-les à vos poignets. Ces bracelets d'amarante ont le pouvoir d'absorber les nuages de cendre empoisonnée et protègent ceux qui les portent. Mais faites attention, les fleurs vont faner peu à peu. Vous devez absolument être de retour ici avant qu'elles ne se dessèchent complètement.

Il tendit un quatrième bracelet à Kim.

— Celui-là est pour celui que tu cherches.

— Comment te remercier ? lui demanda-t-elle.

— Ma récompense, c'est ce que vous faites pour l'Olympe, répondit Sicano. Maintenant, allez. Et rappelez-vous que les bracelets ne vous protégeront pas longtemps.

Kim et ses amies s'engagèrent sur le tapis de cendres, dans lequel leurs pieds s'enfoncèrent.

Le pouvoir des rêves

— On dirait des sables mouvants ! s'écria Liz.

— Je n'arrive pas à m'empêcher de fixer mon bracelet ! dit Lucy, angoissée.

— Ce n'est pas parce que tu le regardes qu'il fanera plus lentement, répliqua Kim.

— Dans un endroit pareil, où pourrait bien être emprisonné Jared ? se demanda Liz à voix haute. Il n'y a que des cendres partout.

— Je me demande surtout comment il peut survivre, murmura Kim, qui se sentait envahie par un effroyable doute.

— Dépêchons-nous de le trouver, dit Lucy. Les bracelets commencent déjà à se décomposer !

C'était vrai. Les fleurs s'étaient légèrement flétries.

— Essayons de monter sur cette dune, proposa Kim. De là-haut, nous aurons une meilleure vue.

Liz courut devant et arriva la première au sommet.

— Il est là, je le vois ! cria-t-elle en gesticulant. Kim, cours !

Kim, qui sentait son cœur bondir dans sa poitrine, se précipita vers son amie. De l'autre côté de la dune, on apercevait une silhouette humaine immobile au milieu de nulle part.

Jared…

Kim se jeta au bas de la dune, suivie par ses deux amies. Mais, lorsqu'elle approcha, elle s'aperçut que quelque chose n'allait pas. C'était bien Jared, mais pourquoi ne bougeait-il pas ?

En comprenant, elle crut mourir. Arès l'avait pétrifié, comme il l'avait fait auparavant avec elle.

Elle s'arrêta au pied de la statue. Liz et Lucy restèrent quelques pas en arrière.

Le visage du garçon était figé en une expression de souffrance. Kim caressa doucement sa main, qui semblait tendue vers elle dans un appel à l'aide.

— Et maintenant, comment puis-je faire pour te libérer ? murmura-t-elle, la gorge nouée.

— Il faut trouver une solution au plus vite, dit Liz. Les bracelets se sont déjà à moitié fanés.

— Si seulement j'avais pris le sceau de Déméter... gémit Lucy.

— Vous ne pouvez pas vous taire cinq secondes ? s'écria Kim. Je n'arrive pas à réfléchir quand vous parlez sans arrêt !

Ses deux amies se turent aussitôt. Kim ferma les yeux et essaya de s'isoler dans son monde mental. C'était difficile, mais elle devait le faire.

Le pouvoir des rêves

Par amour pour Jared.

Clic !

— Il y a une théorie de la physique, récita Kim, soudain superlucide.

— C'est à nous que tu parles ? lui demanda Lucy, pour qui il était inconcevable de rester silencieuse plus de cinq secondes.

Clic !

— Un corps soumis à une vitesse supersonique peut voyager dans le temps…

— Kim, le temps, c'est justement ce qui nous manque ! murmura Liz.

Clic !

— Du présent au passé… poursuivit Kim.

— Je ne te comprends pas ! se lamenta Lucy.

Kim l'ignora et continua à réfléchir. D'après sa théorie, en ramenant la statue en arrière dans le temps jusqu'au moment de sa transformation, Jared redeviendrait lui-même. Elle ne savait pas si cette théorie était juste, mais elle devait essayer. Elle était une déesse, après tout. Et une expérience de ce genre, impossible sur la Terre à cause de la quantité d'énergie qu'elle exigeait, pouvait fonctionner sur l'Olympe.

— Écartez-vous, les filles, dit-elle en rouvrant les yeux.

— Mais qu'est-ce que tu veux faire ? demanda Liz.

Pour toute réponse, Kim leva les bras pour invoquer ses pouvoirs. Aussitôt, ses yeux et son améthyste émirent une puissante lumière violette, et une masse d'énergie de plus en plus dense commença à se concentrer entre ses mains. Elle la projeta contre la statue sous la forme d'un flux bleuté, en l'intensifiant jusqu'à lui faire atteindre une vitesse supérieure à tout ce qui existait.

Tandis qu'elle essayait de maintenir un flot constant d'énergie, Kim sentait qu'elle se vidait de l'intérieur. Elle n'avait jamais été aussi loin dans l'utilisation de ses pouvoirs. Elle savait qu'elle était en train de mettre sa propre vie en danger, mais elle s'en moquait.

Soudain, il y eut un craquement. La pierre avait commencé à se fendre.

Kim augmenta encore l'intensité du flux. Des fissures se formèrent tout le long de la statue et Jared bougea légèrement. Le gris de la pierre disparut et laissa place aux couleurs de sa peau, au bleu profond de ses yeux.

Kim interrompit le flot d'énergie et laissa retomber ses bras.

Elle était épuisée.

— Tu es trop forte, Kim! s'exclama Liz.

— Mais comment as-tu fait ça? ajouta Lucy, abasourdie.

Kim essayait de reprendre des forces. Le grand moment était arrivé. Elle allait enfin pouvoir serrer Jared dans ses bras. Pour la première fois, il était là, devant elle, dans le monde réel et non dans celui des rêves. Le garçon posa les yeux sur elle. Son regard était plein de reconnaissance.

— Athéna, dit-il, je ne t'oublierai jamais.

— Jared…? murmura Kim.

Elle tendit la main pour prendre la sienne, mais un grondement effroyable secoua la terre. Un gouffre enflammé s'ouvrit devant elle.

— Kim! cria Lucy.

— Sauve-toi de là! hurla Liz en l'entraînant pour l'empêcher de glisser.

Jared, lui, disparut dans la caverne.

Un instant plus tard, les parois du gouffre se transformèrent en une bouche monstrueuse qui prononça cette terrible sentence :

— Le seigneur de la Guerre a dit :
« Que Morphée périsse de la main de celui qui le libérera ! »
À présent Morphée gît dans l'Hadès,
Et la malédiction d'Arès est accomplie.

Puis le gouffre se referma aussi vite qu'il était apparu, et il fut recouvert de cendres.

Au revoir, papa

Bouche bée, Kim aurait voulu hurler, mais elle demeurait muette. Le choc lui avait coupé le souffle et la parole.

— Il faut partir d'ici ! dit Liz en la serrant fort dans ses bras.

— Les bracelets sont en train de se décomposer, constata Lucy. Nous avons à peine le temps de retourner jusqu'à la grotte !

En effet, les fleurs d'amarante n'étaient plus qu'une fine matière qui menaçait de tomber en poussière.

— Je ne viens pas. Je veux rester ici, avec lui, murmura Kim. Partez sans moi

— Ne dis pas de bêtises, répliqua Lucy. Les cendres ne te laisseront aucune chance !

— C'est moi qui l'ai tué ! murmura Kim. J'ai déclenché la malédiction !

— Tu n'en savais rien…

Kim se libéra de l'étreinte de Liz. Elle se jeta par terre à l'endroit où le gouffre s'était refermé et se mit à creuser avec ses mains.

— Écoute, tu n'as pas le droit de nous faire ça ! s'impatienta Lucy. Ni à nous, qui sommes tes amies, ni aux habitants de l'Olympe, qui croient en toi. Il n'y a pas que ton destin qui est en jeu !

Mais Kim ne l'entendait même pas. Elle continuait à creuser, mais plus elle essayait d'enfoncer les mains dans les cendres, plus celles-ci devenaient solides et impénétrables.

L'un de ses bracelets d'amarante s'effrita totalement et tomba sur le sol. Elle s'en aperçut et s'immobilisa un instant. Puis elle sentit quelqu'un la tirer violemment par les épaules.

C'était Liz. Son amie la força à se remettre debout et l'obligea sans dire un mot à retourner vers l'entrée de la caverne.

Le pouvoir des rêves

Kim se laissa faire. Mais elle ne comprenait ni ne sentait plus rien, sauf une immense douleur, brûlante et dévastatrice.

Elles atteignirent la grotte juste avant que ce qui restait de leurs bracelets ne se dissolve en une traînée de poussière.

Sicano les accueillit gravement.

— Il est arrivé quelque chose de terrible, lui annonça Lucy. Arès avait jeté une malédiction sur…

Le vieillard leva la main pour l'arrêter. Sans qu'elles sachent comment, il avait compris ce qui s'était passé. Il s'adressa à Kim.

— Athéna, toi qui possèdes toutes connaissances, tu te laisses aller au désespoir ?

— Morphée est mort par ma faute, répondit-elle.

— Il n'y a pas de faute lorsque l'intention du cœur est juste. Et rien n'est irréparable.

— Que veux-tu dire ? demanda Kim, prête à se raccrocher à la moindre lueur d'espoir.

— Sur l'Olympe, la mort n'est pas éternelle. Fouille le passé, Athéna, cherche dans tes souvenirs. Et tu découvriras que quelqu'un a déjà tenté de ramener une personne chère d'entre les morts.

Le vieil homme lui sourit.

— Tu as déjà en toi le pouvoir de vaincre la mort : c'est la force de ton amour.

Kim se sentit revivre.

— Je peux donc encore espérer ? murmura-t-elle dans un filet de voix.

— Oui, répondit Sicano. Mais sache qu'arracher Morphée aux Enfers sera une épreuve terrible. Une épreuve que tu n'es pas en état d'affronter maintenant. La déesse qui est en toi doit encore grandir, avant de se rendre dans l'Hadès.

***

Lorsqu'ils revinrent sur la rive du lac des Néréides, Éadris était là qui les attendait.

— Celui que tu voulais voir est arrivé, dit-elle à Liz.

Un homme vêtu d'une longue tunique noire et le visage couvert d'un masque d'or se dirigeait vers elle du bout du tunnel.

— Notre peuple est revenu au village, expliqua Éadris. Dès qu'Auron a appris votre présence, il a voulu venir vous rendre hommage.

— Bien sûr, mais...

Liz prit la jeune fille à part pendant que Lucy et Sicano s'occupaient de Kim.

— Auron vit avec vous sur l'Olympe depuis toujours ?

— Non, il n'a pas toujours vécu ici, répondit Éadris.

— Depuis quand, alors ? insista Liz, soudain prise de vertige.

D'une manière ou d'une autre, la réponse de la jeune fille risquait de changer sa vie : en mettant fin pour toujours à ses espoirs ou en lui démontrant que... Elle n'eut pas le courage d'aller jusqu'au bout de sa pensée.

Éadris jeta un coup d'œil à Sicano, qui avait tourné vers elle son regard de pierre. Le vieil homme fit un signe d'assentiment.

— Selon le temps des humains, répondit alors Éadris, Auron est avec nous depuis environ dix ans.

Liz sentit son cœur s'arrêter. Elle se tourna vers Auron qui arrivait, mais elle ne réussit pas à bien discerner ses traits. Elle essaya d'énumérer les choses qu'elle aurait voulu lui dire, mais elles lui semblaient toutes plus stupides les unes que les autres.

Pendant ce temps, l'homme les avait rejointes.

— Bienvenue à vous, maîtresses de l'Olympe, dit-il en inclinant la tête.

Il regarda Liz plus longuement que ses amies.

— Le peuple de la Sinfalide vous est reconnaissant. Grâce à vous, le danger qui nous menaçait a disparu et nous avons pu regagner nos maisons.

— Vous n'avez pas besoin de nous remercier, dit Lucy en lui rendant son salut. Nous avons seulement corrigé notre erreur. Nous nous sommes laissé surprendre par une attaque d'Arès, mais cela n'arrivera plus.

— Le noble cœur d'Athéna est brisé par le sort de Morphée, intervint Sicano. Désormais, il gît aux Enfers, piégé par Arès.

Auron se raidit.

— À présent, retournez chez vous, maîtresses de l'Olympe, ajouta le vieillard. Pour le moment, vous ne pouvez rien faire de plus.

— Sicano a raison, dit Lucy. Nous devons retourner sur Terre. Nos parents se demandent sans doute où nous pouvons bien être.

— Mais nous reviendrons, Sicano, murmura Kim. Nous reviendrons vite. Il y a beaucoup de choses dont nous devons parler.

Le pouvoir des rêves

Tandis que Sicano lui répondait, Liz prit courage et s'approcha d'Auron.

— Je peux te parler ? lui demanda-t-elle. Seule à seul, je veux dire…

Elle vit Auron esquisser un sourire affectueux à travers la fente de son masque.

— Bien sûr, Liz. Viens.

Ils s'éloignèrent un peu.

Liz ne savait comment aborder le sujet, alors elle remonta très loin en arrière.

— Sur Terre, avant de venir ici, commença-t-elle, le cœur battant, mes amies et moi étions allées dans le bois de Blustery Hill, à la recherche du pouvoir des rêves. Jared… enfin, Morphée l'avait caché là pour Kim dans une sorte de sphère, et Kim l'a trouvé. Puis cette sphère a explosé, et j'ai eu une vision. J'ai vu un arc tout blanc dans le ciel, puis une jeune fille vêtue d'une robe multicolore est apparue…

— Iris… répondit Auron. La déesse de l'Arc-en-Ciel.

— Ah, tressaillit Liz en essayant de garder son calme. Alors ce n'était pas seulement un rêve. Et… euh, cette Iris, que fait-elle exactement ?

— Lorsque les dieux veulent sauver quelqu'un sur Terre, c'est elle qu'ils envoient le chercher, expliqua

Auron. L'arc-en-ciel est le seul chemin par lequel un mortel peut atteindre l'Olympe. Et le lieu où il apparaît demeure magique pour toujours.

«Voilà pourquoi Jared a choisi précisément Blustery Hill pour cacher son pouvoir, pensa Liz. Le bois qui s'animait, la Sphère armillaire, sa vision… Cet endroit était comme une porte ouverte sur deux mondes.»

— Après qu'Arès a usurpé le trône de Zeus, poursuivit Auron, Iris s'est réfugiée dans le village de la Sinfalide avec d'autres survivants. Depuis, son aide n'a été demandée qu'une seule fois.

— Une seule fois, répéta Liz.

Et elle ajouta doucement, comme si elle avait peur de la réponse :

— Et par qui, si les autres dieux avaient été pétrifiés par Arès et que nous trois étions déjà réincarnées sur Terre ? Qui a demandé l'aide d'Iris ?

Auron la regarda. Dans ses yeux, il y avait beaucoup de tendresse.

— Tu le sais, Artémis.

— Par moi ? Alors que j'étais enfant ? murmura-t-elle, le souffle coupé.

L'homme acquiesça en silence

— La larme d'une déesse enfant a invoqué l'aide de l'Olympe, et Iris est accourue, dit-il. Il fit une pause, visiblement ému. Pour conduire ton père jusqu'ici.

Liz n'arrivait pas à parler. Sa gorge était nouée, et elle avait les yeux brillants. Ce n'était donc pas un rêve. Retourner à Blustery Hill avait levé le voile qui recouvrait ses souvenirs de déesse. Ce qu'elle y avait vu s'était réellement produit.

— C'est arrivé il y a dix ans, murmura-t-elle avec un incontrôlable tremblement dans la voix. Et tu es là depuis dix ans.

Auron semblait bouleversé.

— Ne dis plus rien, Liz, chuchota-t-il en posant une main sur sa bouche. Il y a un temps pour chaque chose, et celui-là n'est pas encore venu. Tu as confiance en moi ?

— Maintenant oui, dit Liz en se contrôlant.

— Tes amies et toi, retournez sur la Terre, conclut-il. Des personnes chères vous y attendent, et elles ont le droit de vous avoir auprès d'elles.

Elle fit oui de la tête.

— Alors au revoir, Elizabeth.

Auron détourna presque aussitôt la tête, mais Liz était sûre d'avoir vu une larme glisser sous son masque.

L'émotion l'empêcha d'articuler le moindre mot. Elle alla rejoindre ses amies, qui l'attendaient.

Mais elle dit pour elle-même les paroles qu'elle aurait voulu adresser à Auron :

« Au revoir, papa. »

Orage

Liz et ses amies se retrouvèrent près du gouffre dans le bois de Blustery Hill.

Pour Liz, ce lieu avait maintenant une signification complètement différente. Elle ne s'en souvenait plus comme d'un cauchemar. Il lui semblait désormais un endroit merveilleux où s'était produit un miracle. Et, surtout, elle n'en avait plus peur.

Il y avait aussi une autre différence avec le moment où elles en étaient parties : il tombait des trombes d'eau.

— Les filles, on ferait mieux de filer d'ici ou bien, après avoir traversé le fleuve de l'Olympe sans être mouillés, on risque de finir noyées sous une averse ! s'exclama Lucy.

— On ne sait même pas par où aller! l'arrêta Kim. Laissez-moi vérifier sur le Mercure.

— Okay, mais mettons-nous au moins à l'abri, proposa Liz.

Elles coururent se réfugier sous un grand arbre touffu. Liz insista pour donner son imperméable à Lucy, qui était la moins couverte des trois. Kim consulta son navigateur pour savoir dans quelle direction se trouvait la sortie du parc.

— Non! C'est pas vrai! se lamenta-t-elle. Cette fois, il n'y a pas du tout de réseau.

— Alors comment fait-on? demanda Liz.

— Notre seule chance est de trouver un panneau qui indique la sortie, répondit Kim.

— Kim, tu n'es pas en train de dire que nous sommes perdues, n'est-ce pas? demanda Lucy avec anxiété.

Son amie ne répondit pas.

— Je ne peux même pas prévenir Daniel pour qu'il vienne nous chercher! ajouta Lucy, au bord de la crise de nerfs. Mon portable ne capte rien!

Les téléphones de Liz et Kim n'avaient pas non plus de réseau. Les trois amies étaient isolées, sans aucune possibilité de communiquer avec le monde extérieur.

Le pouvoir des rêves

— Et si nous attendions qu'il arrête de pleuvoir ? dit Lucy.

— Rester sous un arbre pendant un orage ? répliqua Kim. Cela ne me semble pas la meilleure chose à faire.

— Ce n'est pas toi, la déesse des Éclairs ? plaisanta nerveusement Lucy.

— Si, mais je ne peux pas vous servir de paratonnerre !

Liz était frappée par la façon dont Kim résistait à la douleur. Elle était revenue de l'Olympe avec une joie immense, et son amie avec le cœur brisé.

— Tu as fait l'impossible, lui murmura-t-elle. Tu as trouvé le pouvoir des rêves et tu as réussi à libérer Jared. Il s'est passé ce qui s'est passé, mais toi, tu as été grandiose !

— Et tu arriveras à retrouver Jared. Ou plutôt nous y arriverons, parce que là où tu iras nous irons aussi ! ajouta Lucy.

Liz sentit que partager la douleur de Kim les rendait plus unies que jamais. Elle passa un bras sur les épaules de son amie et la serra fort, tout en regardant avec elle l'écran du Mercure 3 000.

Kim esquissa un sourire, avant de changer brusquement d'expression.

— L'améthyste est devenue chaude, souffla-t-elle.

— Tu plaisantes ? dit Lucy en écarquillant les yeux. J'ai eu assez de surprises pour aujourd'hui !

Liz se mit aussitôt sur ses gardes. Elle aussi éprouvait une étrange sensation.

— Il se passe quelque chose près d'ici, confirma-t-elle. Tout près de nous.

— Et je parie que les *wonder women* que vous êtes brûlent d'aller voir de quoi il s'agit ! dit Lucy, de plus en plus mal à l'aise. On ne peut pas plutôt filer ?

Au lieu de répondre, Liz s'enfonça entre les arbres au tronc épais. Le grondement du tonnerre ne cessait de retentir et des éclairs illuminaient le bois.

— Qui est là ? cria Liz.

Mais il n'y eut aucune réponse.

— Liz, attends-nous, dit Lucy, qui la suivait avec Kim.

— Fais attention, ajouta cette dernière. L'améthyste est brûlante !

— Il y a quelqu'un ? insista Liz.

Mais elle n'alla pas au bout de sa phrase.

Car quelqu'un venait d'émerger du bois.

— Sasha ?! s'exclama Liz en s'arrêtant net.

C'était bien lui qui venait d'apparaître sous l'ombre des arbres.

— Qu'est-ce que tu fais ici ? demanda Liz, mal à l'aise. Elle éprouvait la même sensation qu'au gymnase lorsqu'elle l'avait affronté la première fois. La peur.

Le garçon la regarda sans répondre. Son expression donnait froid dans le dos.

— Alors c'était toi ? lui demanda Lucy d'un ton agressif. Qu'est-ce que tu veux ?

— Elle ! répondit Sasha en indiquant Kim.

Liz fit instinctivement un pas en arrière pour protéger son amie.

— Vous avez trouvé le pouvoir des rêves, continua Sasha. Mais il appartient à Arès, et il lui reviendra !

— Sale monstre ! s'écria Liz. Je savais bien que tu étais l'une de ses créatures. C'est toi qui essayais de nous diviser !

— C'était ma mission, mais vous vous êtes unies encore davantage, répondit rageusement Sasha. Ça ne suffira pas. Livrez-moi Athéna !

— Tu t'es trompé d'adresse ! s'insurgea Lucy. Ici, personne ne livre qui que ce soit !

Sasha tendit le bras. De sa main sortit un tourbillon lumineux qui frappa Kim de plein fouet et l'envoya valser contre un arbre. Liz et Lucy la virent s'effondrer sur le sol, évanouie.

— Qu'est-ce que tu lui as fait ? cria Lucy.

Les deux filles se précipitèrent pour aider leur amie, mais Sasha, se déplaçant à une vitesse surnaturelle, alla se placer entre elles et Kim. Liz sentit monter en elle une colère froide comme elle n'en avait jamais ressentie.

— Laisse-le-moi, dit-elle à Lucy. Mister Sourire-en-Coin et moi avons un compte à régler.

Liz fit face à son ennemi, et aussitôt ses muscles furent parcourus par la même tension que celle qu'elle avait ressentie durant leur duel aux bâtons. Mais, à présent, il n'était plus question de se retenir ou de mesurer sa force. Elle devait libérer toute sa puissance.

Cette fois, Liz ne prépara pas son attaque, elle n'étudia pas son adversaire. Sa pensée et son geste ne firent qu'un. Elle bondit en avant comme un ressort et asséna à Sasha un coup violent. Il fut projeté en l'air comme un pantin désarticulé.

— Bravo, Liz ! s'écria Lucy.

Elle avait parlé trop vite. Sasha se relevait déjà comme si de rien n'était.

— C'est tout ce que tu sais faire, divine Artémis ?

la railla-t-il, avec son odieux petit sourire. Tu n'es pas encore prête à affronter le Sycophante!

À peine eut-il prononcé ces mots que quelque chose se matérialisa derrière lui, une sorte de fantôme encapuchonné.

— Qu'est-ce que… qu'est-ce que c'est que ce truc? dit Lucy en reculant d'un pas, impressionnée.

— Prépare-toi à t'envoler, Liz! s'exclama Sasha.

À présent, sa voix avait un écho ténébreux, comme s'il s'était dédoublé.

Le garçon fit un tour sur lui-même, et du manteau du fantôme qui ne faisait qu'un avec lui s'éleva une terrible tornade. Liz fut soulevée dans les airs et s'écrasa au sol dix mètres plus loin. Elle essaya de se relever, mais elle se sentit soudain accablée par un épuisement inexplicable, comme si la tornade avait aspiré toute son énergie.

— Je suis le Sycophante! continua Sasha. Aucune d'entre vous n'est capable de me vaincre!

À cet instant, Liz se mit à craindre qu'il ait raison. Leur ennemi semblait vraiment trop fort.

Le Sycophante

Kim reprenait lentement conscience. Elle était au pied de l'arbre contre lequel elle s'était écrasée. Le coup reçu l'avait laissée sans force. Elle n'arrivait quasiment plus à bouger.

Elle s'affola en voyant Liz à terre un peu plus loin. Mais le pire, ce fut de voir l'esprit maléfique qui flottait dans l'air derrière Sasha. Liz avait eu raison de se méfier de lui depuis le début. Pourquoi ne l'avaient-elles pas écoutée ?

— Rendez-vous, tonnait le fantôme. Personne n'a jamais vaincu le Sycophante !

— Ne rêve pas ! siffla alors Lucy. Tu m'as oubliée, peut-être ?

Le pouvoir des rêves

Kim la vit se concentrer sur son ennemi. Elle essayait de percer le secret de son pouvoir, mais elle n'en eut pas le temps. L'esprit lança une nouvelle attaque avec son manteau et renversa Lucy comme une quille. Il était clair que ce n'était pas ainsi qu'elles en viendraient à bout.

— Aphrodite, c'est toi qui rêve ! ricana Sasha. Ici, sur la Terre, tes pouvoirs sont ridicules. J'ai même réussi à en protéger Matt ! Ce pauvre humain est vraiment trop facile à manipuler !

— Tu paieras aussi pour ça ! rugit Liz en essayant de se relever.

— Ça a été un jeu d'enfant de vous dresser l'un contre l'autre. Et, en ce qui concerne ton amie ici présente, il ne s'en est pas fallu de beaucoup…

— Ce n'est pas vrai ! protesta Lucy.

— J'ai simplement fait sortir toute la haine et la jalousie qui se trouvent à l'intérieur de vous, répliqua Sasha, sarcastique. C'est le rôle du Sycophante !

— Ne l'écoutez pas ! réussit enfin à dire Kim, au prix d'un grand effort. Il essaie encore de nous diviser !

Sasha se retourna d'un bond.

— Quel honneur, Athéna ! dit-il. Juste à temps pour assister à l'épilogue de l'histoire. À ton propre épilogue !

— Kim, tu te sens bien ? demanda Liz.

— Restez là où vous êtes, répondit-elle.

Sasha éclata d'un rire qui se perdit dans le grondement du tonnerre.

— Tu ne me sembles pas en état de me défier! dit-il.

«Il n'a pas tout à fait tort», pensa Kim.

— Je t'arracherai le pouvoir des rêves que ce traître de Morphée a refusé à Arès, continua Sasha en se rapprochant d'elle. Puis tu retourneras tenir compagnie pour toujours aux autres dieux dans le temple sacré! Et cette fois tes amies ne viendront pas te libérer car le même sort les attend. Vous serez ensemble pour l'éternité!

Entendre parler de Morphée sur ce ton méprisant ne fit qu'augmenter la détermination de Kim. Elle devait trouver une solution. Et tout de suite. Sasha n'était plus qu'à un pas d'elle. Elles auraient pu tenter de fuir sur l'Olympe, mais, affaiblies comme elles l'étaient, même là-bas elles seraient restées à la merci du Sycophante…

Non, elles devaient le battre ici. Sur Terre.

Le sous-bois était illuminé d'éclairs incessants. On aurait dit que tous les nuages s'acharnaient à décharger leur électricité à cet endroit.

Des éclairs.

Le fantôme se pencha au-dessus d'elle. À la place de ses yeux, deux sinistres petites flammes blanches rappelaient les feux de l'enfer.

— Prépare-toi, Athéna! dirent en chœur Sasha et le sombre esprit qui l'animait. C'est ta dernière heure de mortelle!

Le Sycophante étendit son manteau pour le refermer sur elle.

Clic!

Maintenant ou jamais. Avec l'énergie du désespoir, Kim retira sa boucle d'oreille et la tendit devant elle.

— Les filles, vos pierres! hurla-t-elle en même temps.

Elle vit Liz ôter péniblement l'obsidienne de son porte-clés tandis que Lucy saisissait son collier. Alors elle lança une invocation.

— À moi, foudre du ciel! cria-t-elle en pointant sa pierre sur le Sycophante.

Un éclair traversa la couche des arbres et atteignit l'améthyste de plein fouet, puis il se dédoubla et alla s'unir aux pierres de Lucy et de Liz. Lorsque le triangle se referma, une aveuglante tempête électrique se déchaîna à l'intérieur.

Sasha et le fantôme furent encerclés par une spirale violette et s'enflammèrent comme un tas de feuilles mortes. Ils se contorsionnèrent quelques instants en poussant des cris de rage et de douleur, avant d'être réduits en cendres.

Kim baissa lentement les bras. Le triangle de foudre se brisa et la tempête électrique prit fin d'un seul coup.

Leur ennemi avait disparu.

Le retour

— Kim, tout va bien ? s'écria Liz en courant vers son amie.

Ses forces étaient revenues dès que leur ennemi s'était dissout dans un nuage de cendres.

— Ça pourrait être pire, dit Kim avec un sourire en se relevant.

— Mais comment as-tu fait pour invoquer la foudre ici, sur Terre ? lui demanda Lucy, à nouveau sur pied elle aussi.

— Je ne l'ai pas invoquée, je l'ai attirée, expliqua Kim. Et je n'étais pas du tout sûre que cela fonctionnerait.

— Il faut dire que cet endroit est magique, observa Liz, toute souriante.

— Et comment le sais-tu ? demanda Lucy.

— On en parlera plus tard, répondit son amie d'un air mystérieux. Avant, j'attends vos excuses pour vous être moquées de moi au sujet de Sasha !

— Tu es autorisée à nous ramener chez nous à coups de pied aux fesses, admit Kim en riant.

— Finalement, ce type n'était pas si fort que ça, observa Lucy. Les filles de l'Olympe battent Arès un à zéro ! Ou plutôt deux à zéro, si on compte Drakos !

— On ne peut pas vraiment dire que nous ayons gagné, fit tristement remarquer Kim. Mais rappelons-nous que nous avons dû unir nos pierres pour le vaincre. Nous ne pouvons gagner que si nous sommes unies.

Si Sasha avait réussi à semer la discorde entre elles, c'était parce qu'elles lui avaient permis de le faire. Au début, il s'était concentré sur Liz et avait étendu son influence sur Matt. Le germe de la haine avait ensuite touché Lucy, puis Kim. Frayant ainsi un chemin à l'action de Drakos. Heureusement, le plan d'Arès avait échoué. Liz espérait seulement que Matt redeviendrait lui-même, maintenant que Sasha ne pouvait plus le manipuler. Étant donné les circonstances, elle était prête à lui pardonner.

Le pouvoir des rêves

— Un moment! s'écria Lucy, l'air préoccupé. Le premier messager d'Arès avait la pierre d'Héphaïstos, Drakos avait celle d'Hermès. Ce « Pschycophante » ou je ne sais quoi aurait dû en avoir une lui aussi.

Et elle ajouta, en regardant autour d'elle :

— Et je ne vois rien par ici.

— C'est étrange, dit Kim. Cherchons ensemble.

Mais elles ne trouvèrent aucune pierre.

— S'il n'en avait pas, comment faisait-il pour retourner sur l'Olympe ? Et comment est-il arrivé là ? se demanda Liz à voix haute.

— Bonne question. Il faudra y réfléchir sérieusement, conclut Kim. Mais, maintenant, il vaut vraiment mieux partir.

En effet, le temps avait passé et on était déjà presque le soir.

Les trois filles quittèrent leur abri sous les arbres et se mirent à courir sous une pluie diluvienne. Un peu plus loin, elles trouvèrent un plan qui indiquait la sortie. Elles se précipitèrent dans cette direction. Le parc était maintenant totalement désert.

Lorsqu'elles arrivèrent à proximité du portail, Liz eut la plus belle surprise qu'elle pouvait imaginer. Sa mère s'avançait vers elle, un immense parapluie à la main.

— Liiiz ! Les filles ! appela Cathy.

— Je dois reconnaître que parfois ma mère est vraiment adorable, dit Liz, soulagée.

Les trois amies se réfugièrent rapidement sous le parapluie. Liz se serra contre sa mère, en retournant dans son esprit tout ce qu'elle aurait voulu lui dire.

— Vous avez choisi le jour idéal pour vous promener, dit Cathy qui tentait de dissimuler son inquiétude. Vous allez toutes bien ?

Liz sentit qu'elle l'observait avec attention.

— Oui, maman, répondit-elle. Complètement trempées, mais en forme.

Dans la voiture, Liz fut accueillie par son chien Daïmon, qui lui fit la fête en remuant la queue.

— Oui, je vais bien, je vais bien ! s'exclama-t-elle en riant. Moi aussi, je suis contente de te voir !

Lorsqu'elles furent toutes enfin au sec, Cathy s'installa au volant et démarra.

— Lucy, Kim, je vous emmène d'abord chez nous, dit-elle. Le temps que vous vous changiez et que vous buviez quelque chose de chaud. Si vous voulez prévenir vos parents, dites-leur que je vous raccompagnerai moi-même ensuite.

— Merci, je les appelle tout de suite, répondit Lucy en saisissant son portable.

Pendant ce temps, Liz se blottissait sur son siège et se détendait enfin, Daïmon dans les bras. Elle était certaine que si elle fermait les yeux elle se réveillerait deux jours plus tard. Près d'elle, sa mère conduisait, concentrée sur la route.

— Kim, comment se fait-il que tu sois si silencieuse ? demanda Cathy au bout d'un certain temps.

— Je... je réfléchissais, répondit celle-ci après une longue hésitation. Je dois m'organiser pour notre brocante.

Liz lui vint aussitôt en aide.

— Ne t'inquiète pas, on va t'aider à tout ranger à temps, dit-elle. Mais elle savait que son amie avait bien autre chose en tête.

— Le problème, ce sera surtout de convaincre mon père, poursuivit Kim. Ce sera beaucoup plus difficile que de ranger le magasin.

— Nous trouverons aussi une solution à ce problème, dit Lucy d'une voix pleine de sous-entendus.

Liz comprit ce à quoi elle faisait allusion.

— À propos, reprit Cathy, j'en ai parlé autour de moi

et je vous ai déjà trouvé quelques clients. Naturellement, Daïmon et moi serons de la partie.

— Merci, répondit Kim.

— Tu as réussi à faire quelques photos ? lui demanda encore Cathy, qui essayait de distraire la jeune fille par ses questions.

— Comment ? répondit Kim, complètement ailleurs.

— Les photos pour le concours, lui rappela Lucy.

— Ah oui, j'en ai fait plein, dit vivement Kim.

Elles restèrent silencieuses un moment. Tandis que Daïmon somnolait sur ses genoux, Liz fixait la route qui défilait. Mais elle avait encore en tête les images de cette incroyable journée. Surtout celle de l'homme au masque d'or.

— Tout va bien, ma chérie ? s'enquit à nouveau sa mère en jetant un coup d'œil dans sa direction. Tu m'as l'air bizarre. Tu as peur de l'orage ?

— Pas du tout, maman, répondit Liz. Malgré l'orage, je suis contente d'être retournée à Blustery Hill.

— Eh bien, c'est une bonne nouvelle, dit Cathy avec émotion. Tu me raconteras tout à la maison.

« Si je pouvais vraiment tout te raconter. . » pensa Liz.

Sa mère avait autant le droit qu'elle de connaître la

vérité et de mettre fin à cette attente qui durait depuis dix ans.

Mais comment Liz pouvait-elle lui dire qu'elle avait retrouvé son père… sur l'Olympe ?

Dans la tour Uranide

Du sommet de la plus haute tour de l'Olympe, Arès poussa un rugissement de fureur.

Le Sycophante lui-même avait été réduit à néant!

Comme Drakos et la Sparte[*1] avant lui. Des pertes peu significatives, en réalité. Mais cette résistance têtue de la part de ses ennemis était insupportable. Bien qu'elles soient désormais à moitié humaines, Artémis, Athéna et Aphrodite se révélaient des adversaires plus coriaces que prévu.

Le seigneur de la Guerre regarda au loin. Le pourpre

---

*1. *Les larmes de cristal.*

du ciel s'étendait jusqu'à la ligne d'horizon, mais l'Olympe ne lui appartenait pas encore.

Au-dessus de la Sinfalide, la crevasse créée par Aphrodite s'était rouverte comme une blessure. L'illusion de la reconquête avait duré peu de temps. Les déesses s'étaient réconciliées, elles avaient libéré Athéna du Dodékatheon, et elles s'étaient même emparées du pouvoir des rêves ! Que l'âme maudite de Morphée brûle dans l'Hadès pour l'éternité !

En proie à une colère terrible, Arès asséna un grand coup de poing sur le mur de la tour. Un bloc de pierre se désagrégea sous le choc. La victoire finale était encore retardée.

Mais le Sycophante n'avait pas totalement échoué. Il avait préparé le terrain pour la revanche. Le seigneur de la Guerre devait dominer sa rage, car il aurait très bientôt en son pouvoir un guerrier bien plus redoutable que ceux qui l'avaient précédé. Il lui suffisait d'attendre le bon moment pour le prendre dans ses filets.

Et ses ennemies les déesses ne seraient absolument pas de taille à l'affronter.

Parce que le guerrier en question se trouvait déjà parmi elles.

Inauguration !

Lucy était très satisfaite. Leur brocante avait vraiment du succès. Tout avait été prêt à temps et, cet après-midi-là, une foule de gens s'était présentée à l'ouverture du Bazar des Rêves fraîchement rénové.

Elle compta à vue d'œil une trentaine de personnes qui furetaient dans les étalages devant le magasin. Les trois filles avaient décidé de vendre leur bric-à-brac à prix cassés, presque symboliques, et les sympathiques gadgets de M. Song attiraient les clients comme des mouches.

Mais Lucy se faisait du souci pour Kim. Elle savait ce qui se cachait derrière son sourire lorsqu'elle annonçait

Le pouvoir des rêves

à ses camarades de classe ou à leurs parents les prix de leur marchandise.

Liz aussi se donnait de la peine, tandis que sa mère, Cathy, déambulait entre les stands avec Daïmon.

Soudain, Lucy se retrouva nez à nez avec quelqu'un qu'elle ne se serait jamais attendue à voir là.

— Professeur Vautour, hum, professeur Collins, quelle surprise ! fit-elle en se mordant la langue. Je n'aurais jamais pensé vous rencontrer ici.

— J'ai aussi une vie en dehors de l'école, Grimaldi ! répondit l'enseignante.

Lucy eut la très vague impression que Mme Collins tentait de sourire, mais elle devait sûrement se tromper.

— Kim, regarde qui est venu nous rendre visite, annonça-t-elle à son amie sur un ton légèrement contrit.

— Professeur, quelle surprise ! s'exclama à son tour Kim. Je n'aurais jamais pensé…

— J'ai compris, l'interrompit Mme Collins. Changeons de sujet, voulez-vous ? Auriez-vous de vieux livres ?

— Des livres ? Je vous les montre tout de suite, fit Kim.

Lucy observa son amie et sa cliente inattendue qui bavardaient devant un livre illustré. Puis elle s'aperçut que Vautour-Collins s'était mise à parler d'un air bizarre tout en se grattant les mains. Elle activa sa technique d'écoute à distance.

— Song, en ce qui concerne la feuille blanche que tu as rendue... disait Vautour-Collins.

— Je vous en prie, professeur, c'était un accident... l'implora Kim.

— Je sais. Je pourrai peut-être t'accorder une interrogation orale de rattrapage un de ces jours...

— Je suis prête ! Vous pourrez m'interroger dès le prochain cours, répondit la jeune fille, partagée entre joie et incrédulité.

« Il faut croire que les vautours aussi ont un cœur », songea Lucy.

— Regarde un peu qui arrive, Liz, ajouta-t-elle en se tournant vers son amie. C'est le jour des visites surprises, ma parole !

Matt venait de garer son scooter et il s'avançait vers elles, l'air malheureux.

— Salut, Lucy, dit-il d'un air penaud. Liz, je te trouve enfin !

La jeune fille murmura vaguement quelque chose entre ses dents et continua à servir un client.

— Comment vont les affaires ? essaya-t-il encore.

— Pas mal, répondit-elle sèchement.

Matt fit semblant de s'intéresser aux objets mis en vente. Il avait l'air extrêmement gêné.

— J'étais venu te dire que… tenta-t-il encore, quelques minutes plus tard. Enfin…

Il s'arrêta, le regard perdu, visiblement tenté de faire demi-tour et de s'en aller. Lucy l'encouragea du regard.

— Ben, enfin… je pensais que peut-être… je crois que je dois te dire quelque chose.

Nouvelle pause. Air contrit et soupirs appuyés. Cette fois, Lucy lui sourit et lui fit signe de continuer.

— C'est-à-dire… en fait… voilà…

« Mais quand va-t-il se décider ? » pensa Lucy, à la fois attendrie et amusée.

— Je te dois des excuses, lâcha enfin Matt.

— Ah oui ? fit Liz sans même lever les yeux. À quel propos ?

Lucy s'éclaircit bruyamment la gorge et Liz nota au passage son regard de reproche. Son ami semblait vraiment redevenu le Matt de toujours. Certes, il fallait le laisser mariner un peu, mais sans exagérer…

— Je me suis comporté comme un crétin psychotique, répondit Matt, à qui chaque mot coûtait visiblement. Et je ne sais même pas pourquoi.

— Au moins tu t'en es rendu compte, répliqua Liz.

— Est-ce que je suis pardonné ? demanda le jeune garçon.

— On verra… répondit Liz, impitoyable.

Mais Lucy eut l'impression qu'elle se retenait de rire.

— D'accord.

Matt semblait sur le point de partir, lorsqu'il changea d'idée.

— Tu devrais revenir t'entraîner, Liz. Vite.

— Et Sasha ? insista cruellement Liz.

— Cela fait deux ou trois jours qu'il ne se montre pas. Mais je m'en moque.

— C'est bizarre, ce n'était pas ton ami ? En tout cas, j'ai entendu dire qu'il était parti.

— Parti ? Qu'est-ce que tu veux dire ? s'étonna Matt.

— Parti. Disparu. Évaporé.

— Mais il venait juste de s'inscrire au gymnase… Eh bien, je me suis vraiment trompé sur lui.

— Il faut savoir choisir ses amis, attaqua une énième fois Liz.

— Je sais, répondit Matt d'un air encore plus abattu. Salut, alors.

— Salut, Matt.

Le pouvoir des rêves

En le voyant s'éloigner si visiblement penaud, Lucy n'arriva pas à se retenir.

— Liz, tu exagères ! Ce n'était pas sa faute. Il était sous l'influence du « Psycholophante »…

— Tiens, ça faisait longtemps ! Je croyais que tu avais perdu l'habitude de toujours le défendre ! plaisanta Liz.

Lucy devint toute rouge.

— Eh, Matt ! Tu es partant pour une pizza ce soir ? cria Liz de loin. J'avais un autre rendez-vous, mais je n'y tiens pas tellement.

— Tu peux compter sur moi ! s'exclama le garçon, l'air rayonnant. Je serai à huit heures chez toi ! Et c'est moi qui apporte les pizzas !

— Prends-en une de plus, alors ! plaisanta Lucy.

Liz la regarda avec un petit sourire qui semblait dire « Je le savais ! », et Lucy rougit encore plus.

À ce moment-là, Kim s'approcha de ses deux amies avec sa mère.

— Maman voulait vous complimenter !

— Oui, vous avez démontré que vous saviez très bien vous organiser, confirma Hana Song. Et j'ai bien l'impression que vos affaires marchent à merveille.

— Merci, madame Song, répondit Lucy. Mais tout le mérite revient à Kim. C'est elle la tête pensante du groupe, comme toujours ! Liz et moi ne faisons qu'exécuter ses ordres.

— Savoir commander est dans l'ADN de notre famille ! répondit la mère de Kim avec un petit sourire de fierté. Mais ce qui m'a vraiment étonnée, c'est que vous ayez réussi à convaincre mon mari de vendre ses bricoles. Je n'y comptais pas. Je n'y suis pas arrivée en quinze ans, et avec vous il a cédé sans battre un cil.

— Vous avez trouvé l'expression exacte, madame, fit Liz en regardant Lucy. Les cils, c'est quelqu'un d'autre qui les a battus…

Hana Song la regarda d'un air interrogateur.

— Les secrets du métier, maman, dit Kim en faisant un clin d'œil à ses amies.

Les trois filles se mirent à rire d'un air complice et Mme Song retourna à sa boutique pour voir ce que son mari et son fils mijotaient.

Quelle journée ! Lucy était de bonne humeur. Toutes ces personnes qui fouillaient les stands, le rendez-vous dans la soirée avec Matt, qui avait fait la paix avec Liz… Et la mère de Kim qui les avait même félicitées…

En somme, tout s'était miraculeusement bien passé. Et ses amies et elle étaient plus unies que jamais. Personne ne pourrait plus jamais les diviser. À cet instant précis, il lui sembla qu'en dépit de ce qu'avait dit Sicano, affronter les Enfers pour récupérer Jared serait un jeu d'enfant.

« Oui, pensa la jeune fille, aujourd'hui est un jour parfait ! »

Un jour parfait ?

Matt gardait le doigt appuyé sur la sonnette.

Pas de réponse.

L'interphone demeurait muet, les rideaux aux fenêtres ne bougeaient pas.

Liz avait-elle donc raison ? Sasha était-il vraiment parti comme ça, à l'improviste, sans rien dire ?

Il valait mieux vérifier. Peut-être que son copain avait eu un malaise et qu'il n'avait pu prévenir personne. La maison n'était pas très accueillante, et bien silencieuse, mais...

Il poussa le portail du jardin et alla frapper à la porte d'entrée.

— Sasha ? appela-t-il. Sasha, c'est Matt Tu es là ?

Le pouvoir des rêves

Il frappa encore et, sous ses coups, la porte s'entrouvrit légèrement. Elle n'était pas fermée à clé.

Le cœur de Matt se mit à battre plus vite. Quand il se passait une chose pareille dans un film d'horreur – des portes qui semblaient fermées et qui ne l'étaient pas – en général, ce n'était pas bon signe ! Et Matt se moquait toujours des personnages qui restaient là à fouiner au lieu de s'en aller au plus vite…

Mais il n'arrivait pas à résister à la curiosité. Quelque chose le poussait à entrer. Et puis, il n'était pas dans un film d'horreur, mais dans la réalité…

« Si Liz était là, pensa-t-il, elle se moquerait de moi pendant les quinze prochaines années ! »

Il prit son courage à deux mains, poussa la porte et entra.

— Sasha ? cria-t-il à nouveau, mais d'un ton beaucoup moins assuré.

Toujours aucune réponse, à part l'écho de sa voix. La maison semblait déserte. Ou plutôt, elle *était* déserte. Il n'y avait même pas de meubles, comme si elle était abandonnée depuis des années… Maintenant qu'il y pensait, le jour où Liz avait failli lui flanquer une raclée, Sasha ne l'avait même pas invité à entrer !

Ce type resterait vraiment une énigme. Liz avait raison.

Matt glissa une main dans sa poche et sortit le porte-bonheur que lui avait offert Sasha. Il l'avait presque oublié. Peut-être valait-il mieux le laisser là. Il l'observa attentivement pour la première fois. Une espèce de cristal y était enchâssé, une pierre d'un rouge sombre

Il secoua la tête, déçu, et s'apprêta à abandonner le porte-bonheur, lorsqu'il lui sembla que le cristal émettait une faible lueur. Il ne pouvait pas s'agir d'un reflet, car la maison était plongée dans la pénombre. Impossible !

Il approcha la pierre de ses yeux pour mieux la regarder. À ce moment précis, une intense lumière en jaillit qui éclaira la pièce comme en plein jour.

Matt allait jeter le porte-bonheur lorsque il entendit une voix.

Ou plutôt il ne l'entendit pas, il la sentit résonner à l'intérieur de sa tête.

Bienvenue, dit la voix caverneuse. *Je t'attendais.*

Table

De l'obscurité	5
Accident de parcours	10
Des choses qui arrivent	20
Un bol d'air	32
Au centre commercial	39
Des coquelicots	53
Bonbons et grenouille	61
Sixième sens	70
Exil éternel	76
Bas les masques	79
Au travail	93
Disparue	101
La neuvième statue	106
Drakos	112
Interrogatoire	118
Un plan presque génial	126
Le dernier rêve de Morphée	132

Au Temple	136
Le sceau de Déméter	143
Plus jamais	148
Nouvelles tensions	158
Adieu, les pouvoirs	163
Trois mots	170
Mensonges du troisième type	179
Blustery Hill	189
La Sphère armillaire	197
Le pouvoir des rêves	205
Entre ciel et terre	208
Le lac des Néréides	214
La malédiction	221
Au revoir, papa	231
Orage	241
Le Sycophante	248
Le retour	253
Dans la tour Uranide	260
Inauguration !	262
Un jour parfait ?	270

À paraître :

Les filles de l'Olympe
3. *Prisonnières des Enfers* (mai 2011)

Cet ouvrage a été composé par
PCA - 44400 REZÉ

Cet ouvrage a été imprimé en France par

à Saint-Amand-Montrond (Cher)
en octobre 2010

 12, avenue d'Italie
75627 PARIS Cedex 13

— N° d'imp. 102862/1. —
Dépôt légal : novembre 2010.